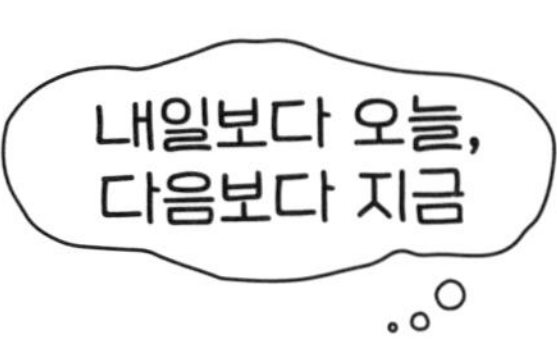

내일보다 오늘,
다음보다 지금

내일보다 오늘,
다음보다 지금

다다 글·그림

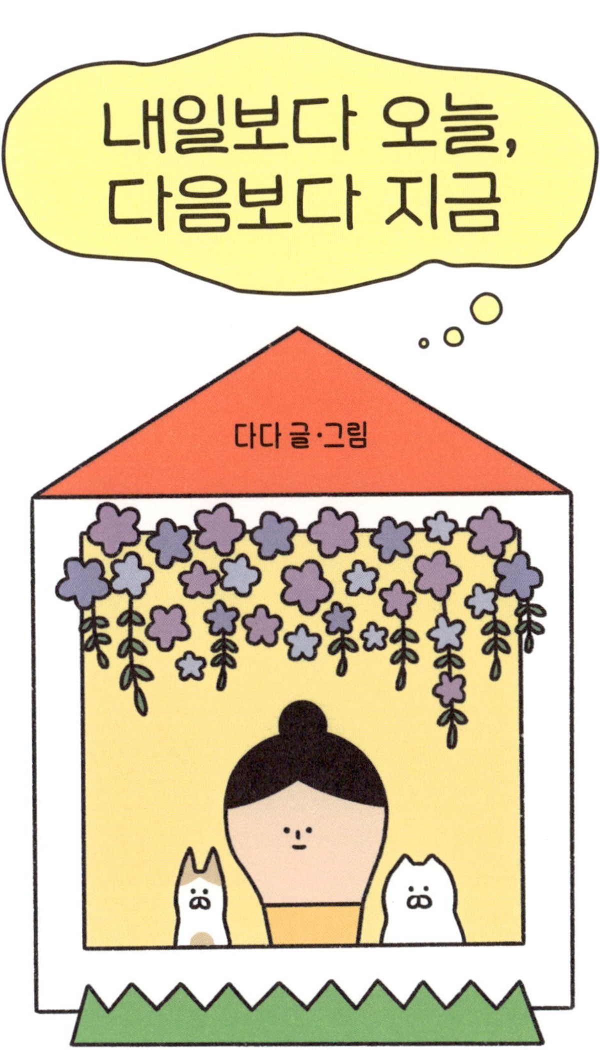

STUDIO : ODR

차례

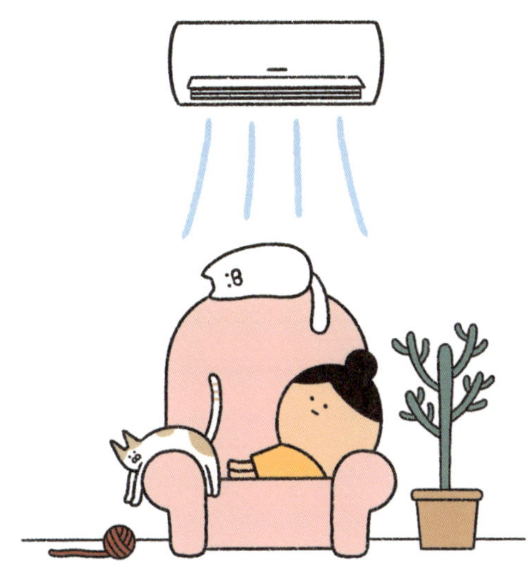

Part 2

나를 움직이게 하는 너희들과 오늘을 살아볼래

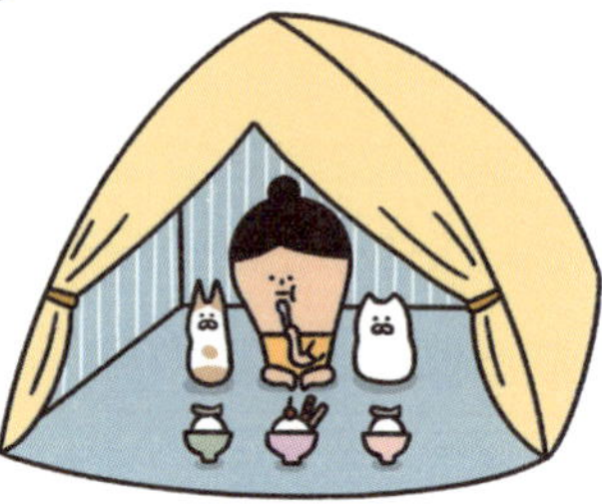

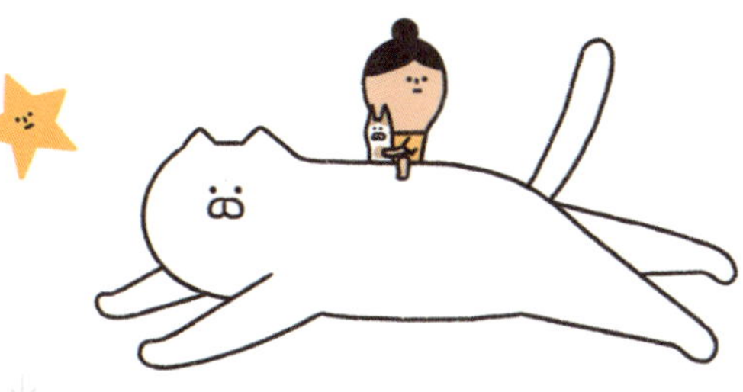

Part 3
누구보다 나 자신을
정성껏 돌보면서

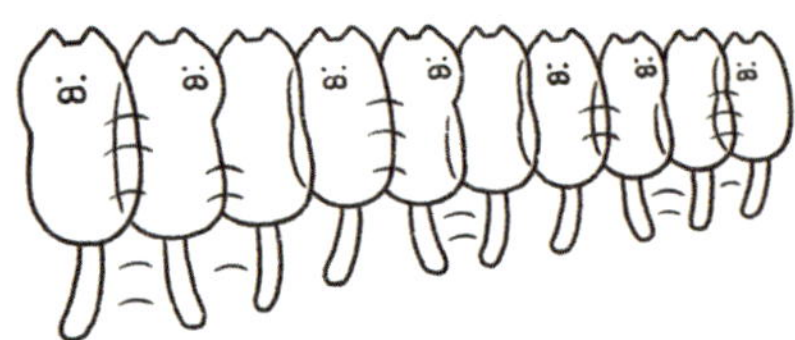

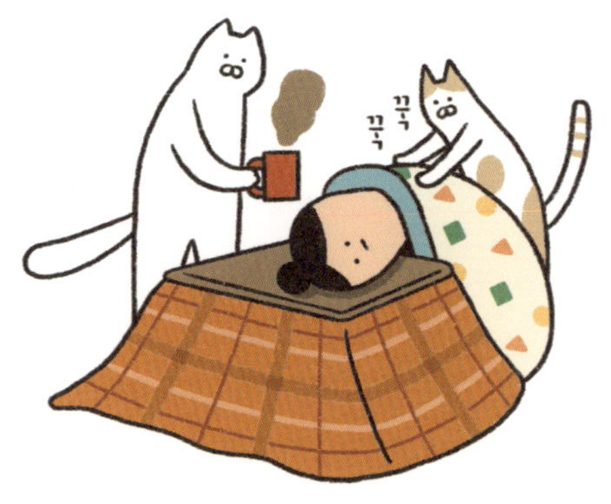

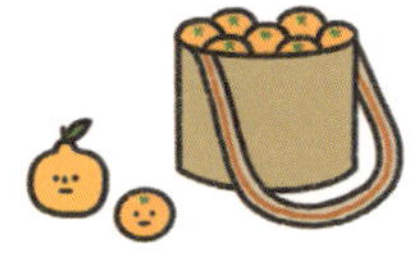

에필로그

한 번쯤은 과감하게
내 뜻대로 살아도 괜찮아

인천에서 서울 양재에 있는 회사로 3년간 출퇴근했다.
매일 새벽같이 일어나 하는 출근도 힘들었지만
나를 정말로 지치게 만든 건 퇴근길이었다.

퇴근하는 사람들로 길게 늘어선 버스 정류장에 서서
20분에 한 대씩 오는 버스를 기다리는데,
오매불망 기다린 버스는 사람을 가득 싣고 온 만원 버스.
더 태울 수 없는 버스를 몇 번이나 더 보내고 나서야
겨우 올라타 퇴근하는 날들의 반복이었다.

무더운 여름도 물론 고통스럽지만,

겨울에는 매서운 추위에 털 장화를 신어도
발가락이 꽁꽁 얼어붙어 가만히 서 있는 것조차 힘들었다.

어느 겨울, 여느 때처럼 퇴근길 버스를 기다리는데
갑자기 눈이 내리기 시작했다.
펑펑 쏟아지는 눈에 도로는 막히고
버스는 한 시간째 감감무소식.
문득 하늘을 올려다보며 나에게 물었다.

'지금 행복하니?'

대답은 '아니'었다.
대답과 동시에 지난 여름휴가로 다녀온 제주도가 떠올랐다.
푸른 하늘, 에메랄드빛 바다, 초록의 숲….
왠지 그곳에서는 행복할 수 있을 것 같았다.
몇 달 후 나는 회사를 그만두고 제주도로 떠났다.

제주도를 다녀간 사람이라면 한 번쯤 막연히 해보는 생각,
'제주도에 살고 싶다'

그러나 직장, 집, 가족, 인간관계 등등
여러 이유가 발목을 잡아
막상 실현하는 사람은 몇 안 될 것이다.
나 역시 아는 사람 하나 없고 지리도 잘 모르던
제주도로 삶을 옮기는 건 쉬운 결정은 아니었다.
하지만 내가 살고 싶은 곳에서
한 번쯤 살아보고 싶은 마음이 더 커서
제주로 이주를 결심했다.
처음에는 가볍게 한두 해 정도 살아볼까 시작했던
제주살이는 어느새 11년 차가 되었고
여전히 나는 내 선택에 후회 없이 이곳이 좋다.

모든 사람이 제주도와 잘 맞는 것은 아닐 것이다.
나 역시 '제주도는 누구나 살기 좋은 곳이에요!'라는 말을
하고 싶은 것이 아니다.

내가 이 책을 통해 말하고 싶은 건
인생에서 살아보고 싶을 정도로 좋아하는 장소가 생기면
한 번뿐인 삶에 적어도 후회는 남지 않도록

과감하게 행동으로 옮겨보라는 것이다.

살고 싶은 곳에서
하고 싶은 일을 하며
좋아하는 것들과 함께 나로서 사는 것.
이것이 내가 찾은 행복의 완성 조건이 아닐까 싶다.
그리고 당신도 얼마든지
할 수 있다는 말을 전하고 싶다.

이 책에 나오는 모든 글과 그림, 에피소드는
원하는 삶을 위해 살아낸 내 일상의 기록들이다.

이 책을 보는 당신도
원하는 장소에서 원하던 삶을 꾸리며
늘 행복하기를 바란다.

2025년 제주도에서
다다

일러두기

- 제주 방언은 책의 분위기를 고려해 살려 두었습니다.
  - 고사리 따레 고치 갑서게(고사리 따러 함께 갑시다)
- 국립국어원 표준국어대사전에 따른 표기를 원칙으로 하나, 말맛을 살리고자 일부 표현은 예외로 두었습니다.
- 노래는 〈 〉, 소설은 《 》로 표기했습니다.
- 고양이 대화체는 맞춤법에 어긋나더라도 말맛을 살려 표기했습니다.

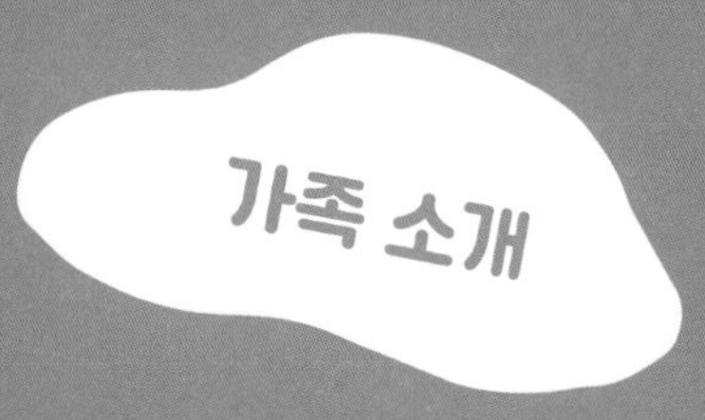

가족 소개

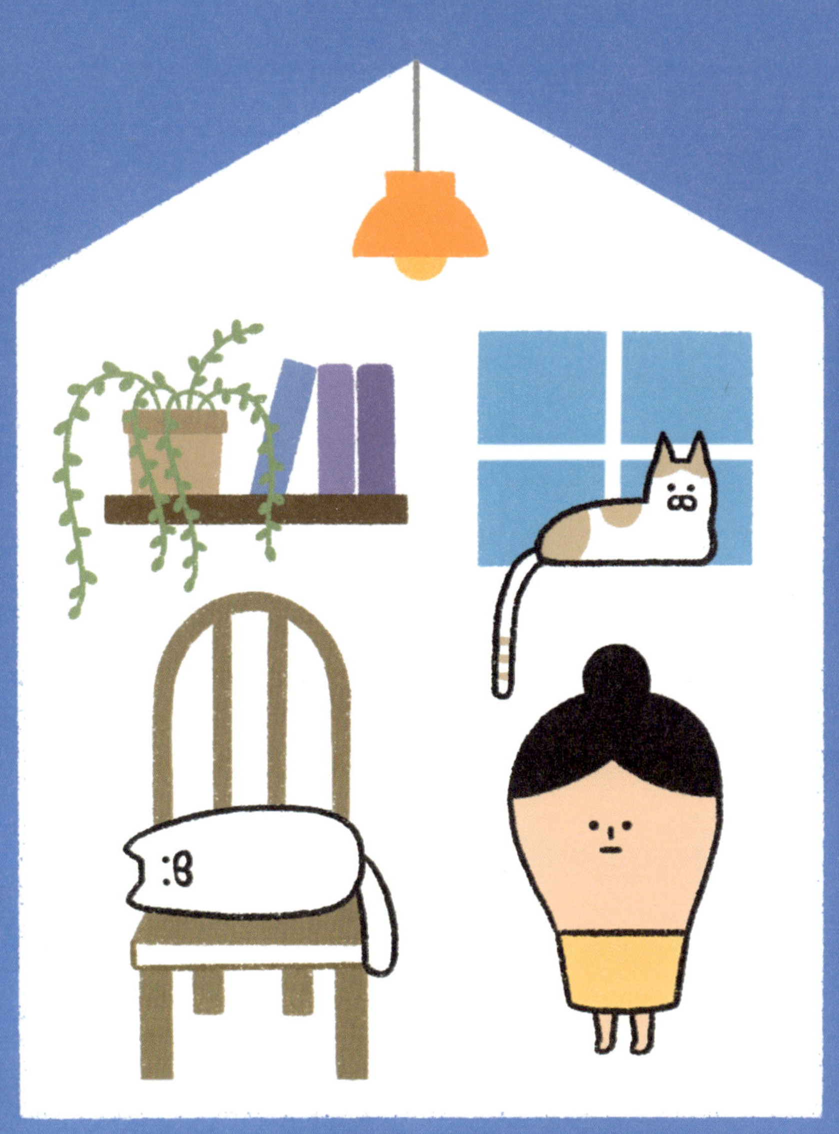

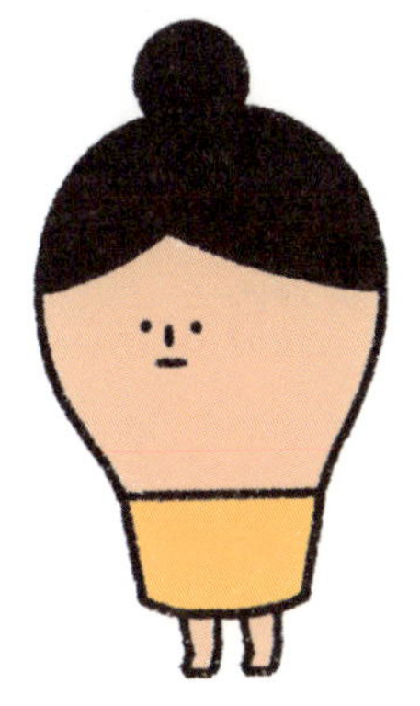

다다

제주도에 살고 싶다는 마음 하나로
제주에 내려와 산 지 올해로 11년 차.

이소와 이랑. 고양이 두 마리와 함께
제주도의 남쪽과 동쪽을 거쳐
현재는 서쪽에 살고 있다.

프리랜서 일러스트레이터.

이소

태어난 지 2개월 차에 제주도에 내려와
내 모든 제주 생활을 함께한 전우이자 동지인 고양이.
말없이 조용한 성격이지만
원하는 것은 야무지게 요구한다.

좋아하는 것은 햇볕 아래 누워 있기.

이랑

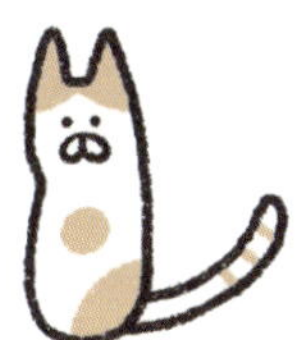

어느 여름 장마철에 비와 함께 나타난 고양이.
말이 많고 장난기 가득한,
천방지축 개구쟁이에 사고뭉치 같은 성격이다.

좋아하는 것은 '까까'와 고양이 친구들.

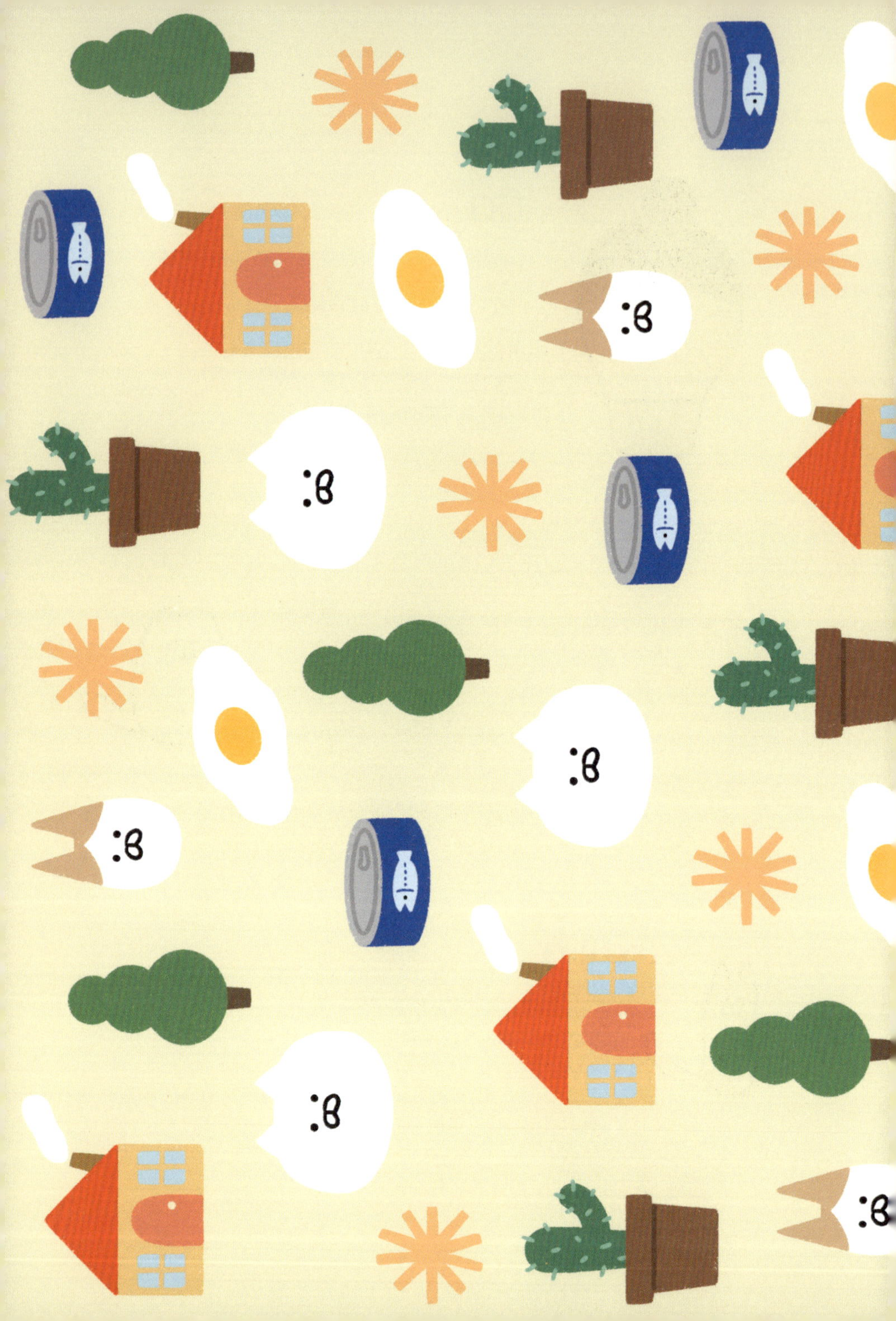

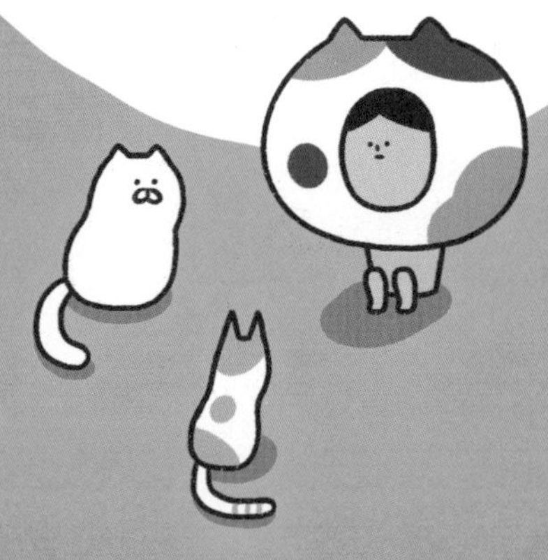

Part 1

누구나 살고 싶은 곳 말고
나를 살게 하는 곳에서

마당 있는 집의 로망

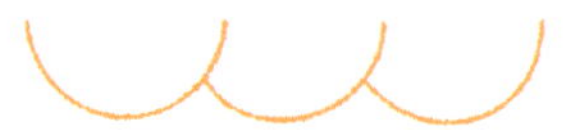

육지에서는 아파트에서만 살았던 내가
제주도 바닷가 마을에 있는 단독 주택에 살게 되었다.

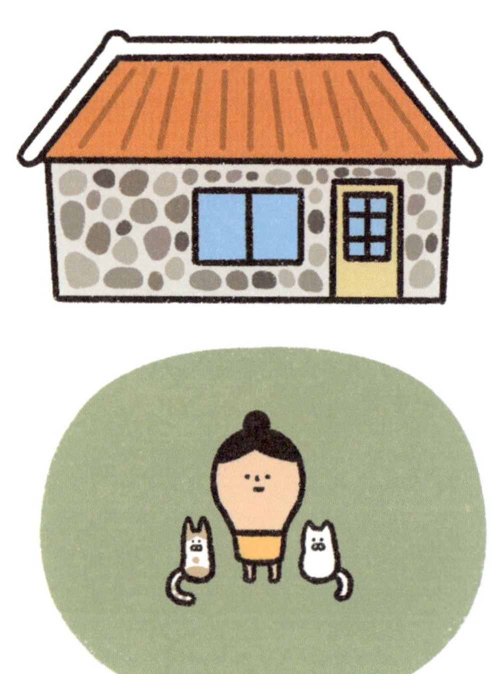

어느 날, 점심을 먹으려는데
가스레인지가 켜지지 않았다.

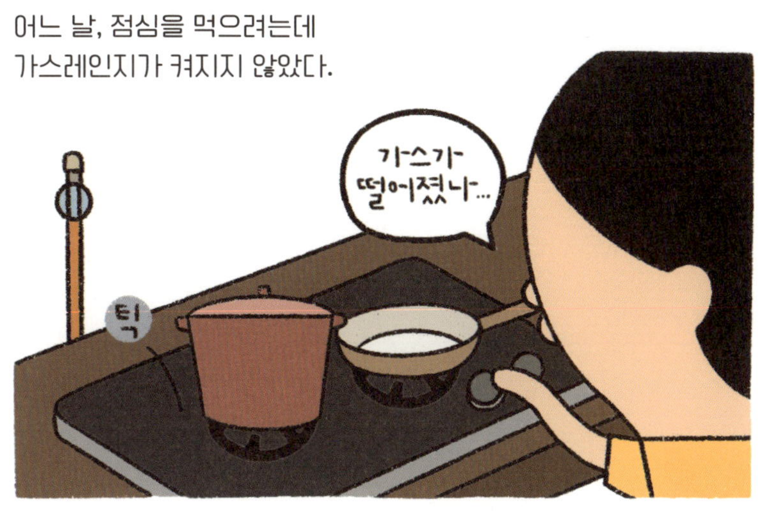

도시가스를 쓰는 아파트와는 다르게 이곳에서는
가스가 떨어지면 직접 가스 가게에 전화를 해
새 가스통으로 교체해야 한다.

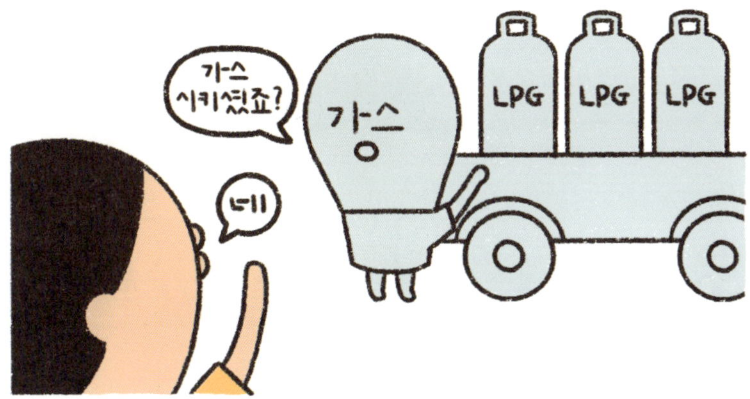

기름보일러를 쓰는 우리 집은 보일러통에
기름이 떨어지지 않게 채워 넣어야 하고
(주유소에 전화하면 배달해 준다).

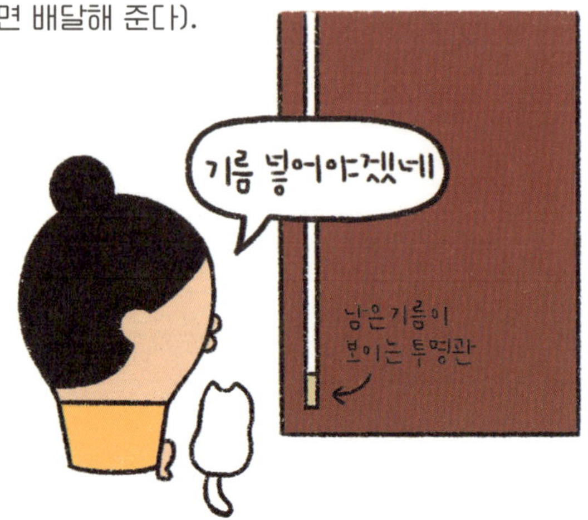

잔디가 있는 마당은 달마다
잔디를 깎아 주어야 하고
잡초도 수시로 제거해 주어야 한다.

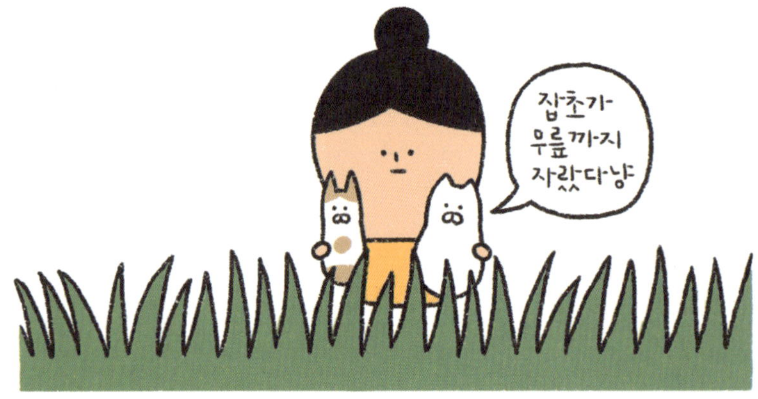

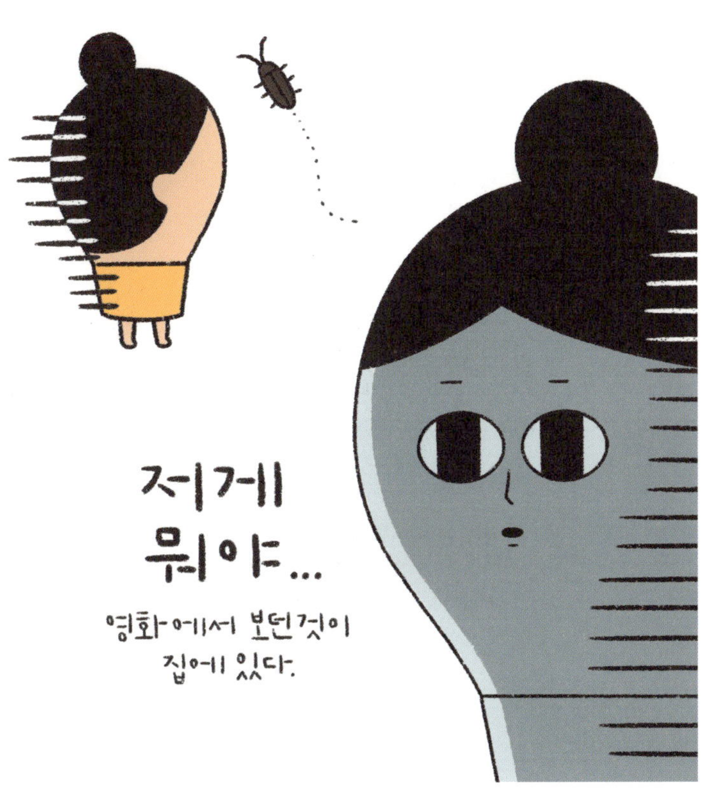
저게
뭐야...
영화에서 보던것이
집에 있다.

처음 벌레를 보았을 때는 패닉 상태에 빠져
소리만 지르며 피해 다녔지만

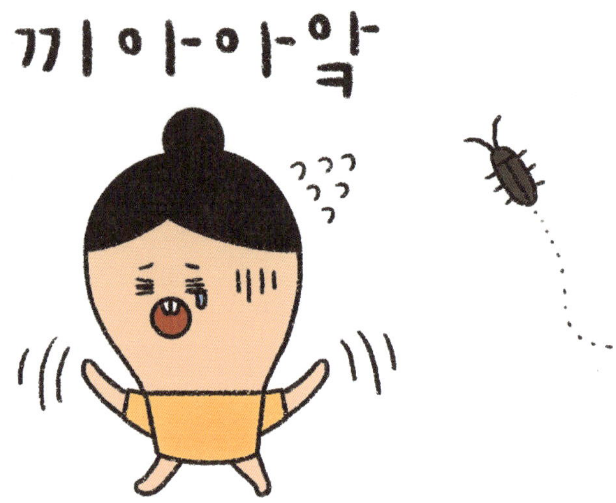

제주살이 11년 차
이제는 잘 잡는다.

벌레가 가장 두려운 순간은
내 시야에서 살아 있는 채로 사라졌을 때이므로
절대 놓쳐서는 안 된다.

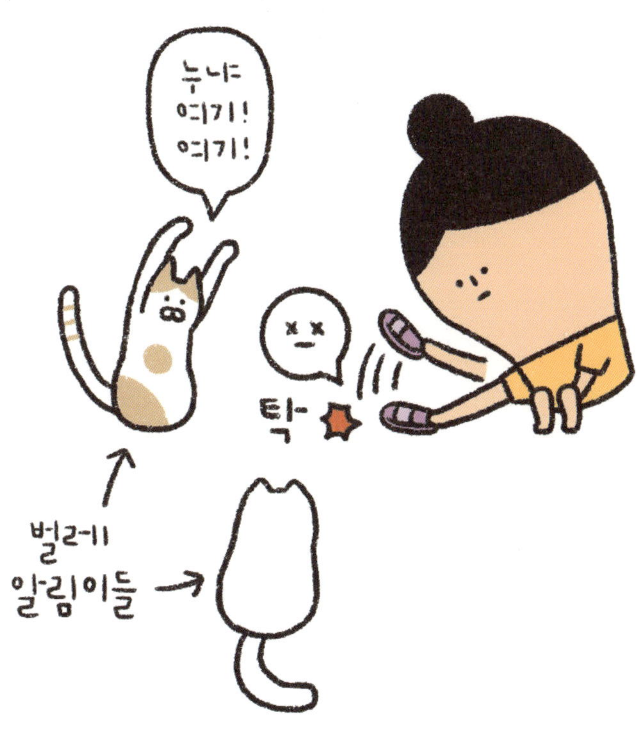

도시 생활과의 차이에서 오는 불편함은 있지만
그래도 나는 집에서 몇 발자국 걸으면 나오는 바다가 좋고,

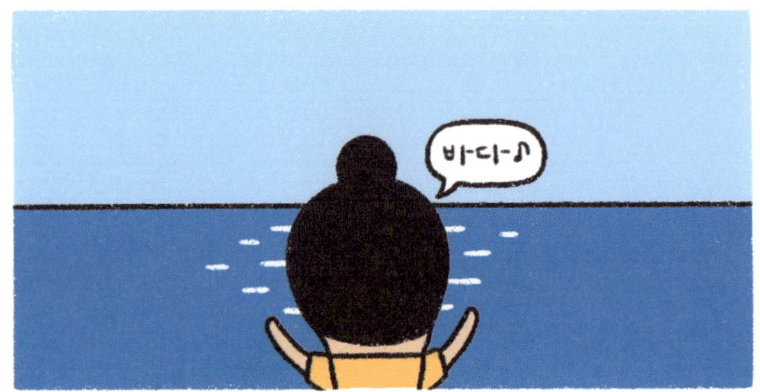

고양이들이 뛰어놀 수 있는 마당이 있어 좋고,

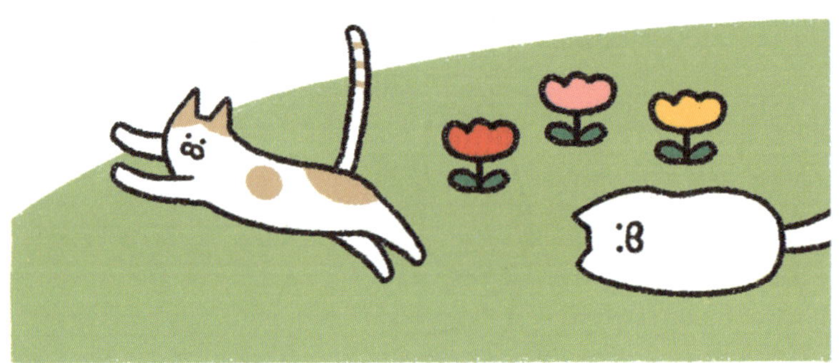

차 소리보다 새 소리가 더 잘 들리는
바닷마을 생활이 좋다.

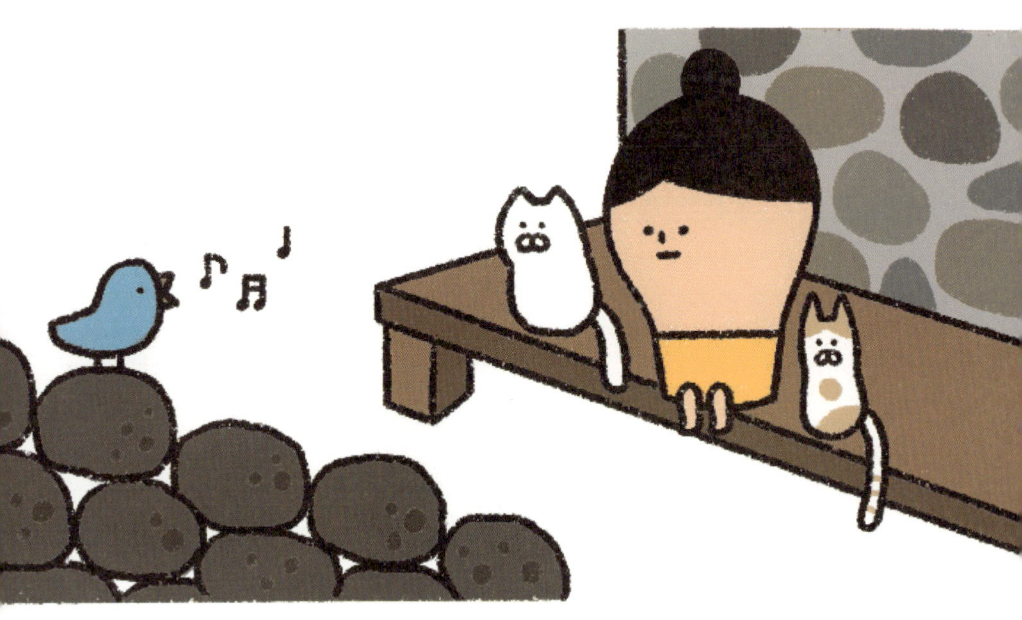

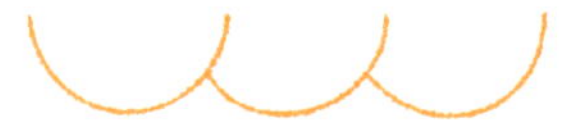

눈에 담고 싶은 제주 블루

시야를 가로막는 높은 건물이 없는 제주에서는
끝없이 펼쳐진 하늘과
그 아래 끝 모르게 이어진 바다를 가장 많이 보며 산다.
그래서일까.
내 눈에 가장 오래 담기는 색은 파란색이다.
제주를 생각하면 떠오르는 이 청량하고 깊은 파란색에
이름을 붙인다면 '제주 블루'라 하고 싶다.

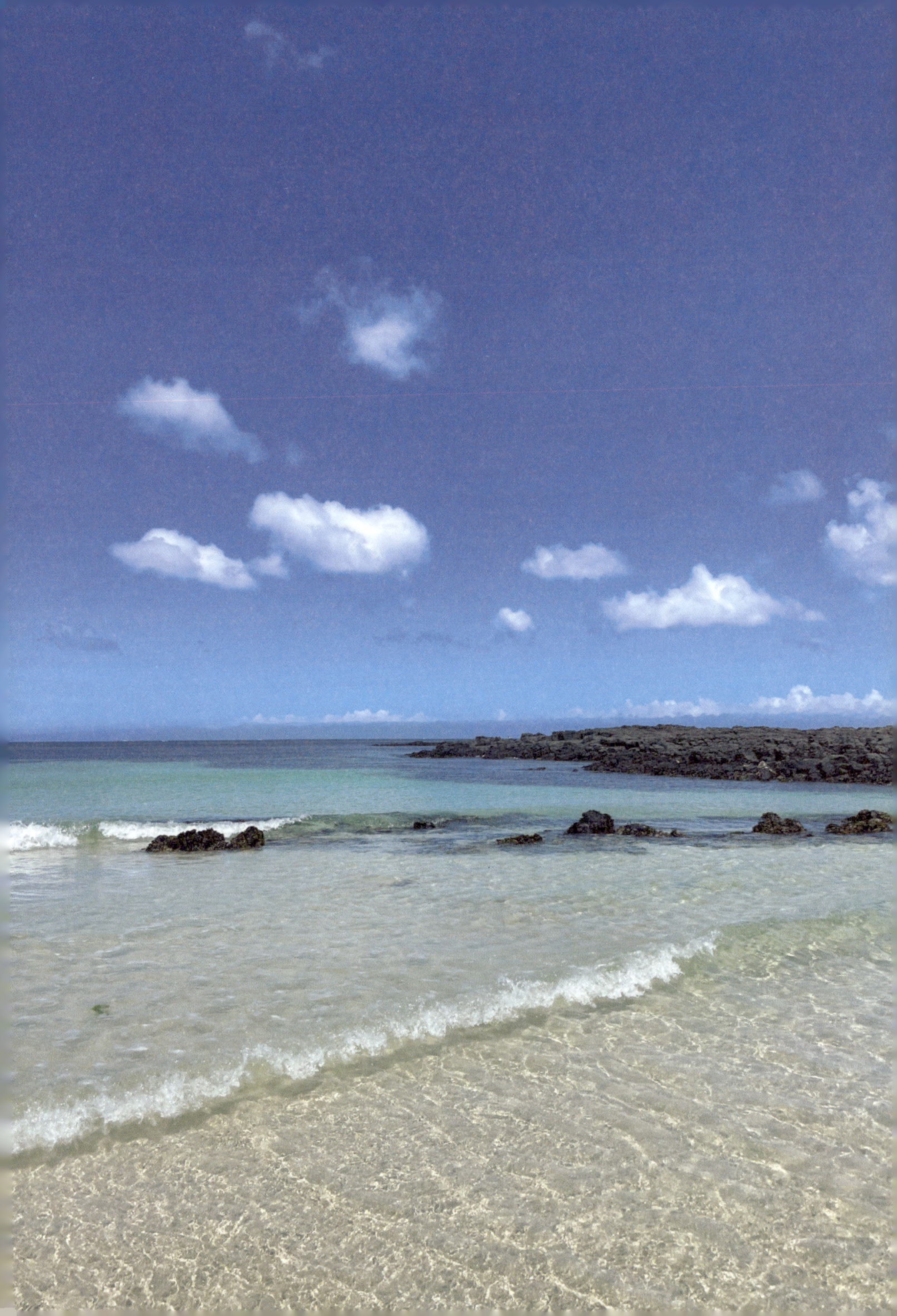

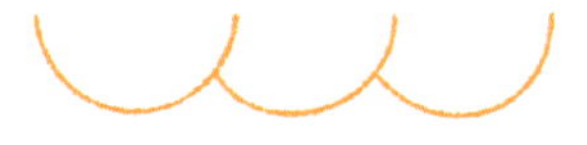

한철을 살아도 꽃처럼

봄이 오면 마당의 잔디가 초록으로 덮이고,
겨우내 숨죽이고 있던 텃밭의 식물들이
새순을 올리며 꽃을 피운다.
그리고 꽃과 함께 골칫덩이 잡초도 자란다.

뽑는 속도보다 크는 속도가 더 빠른 것 같은 잡초는,
며칠 비라도 내려 마당을 살피지 못하는 날이면
어느새 무릎 높이까지 자라 있다.

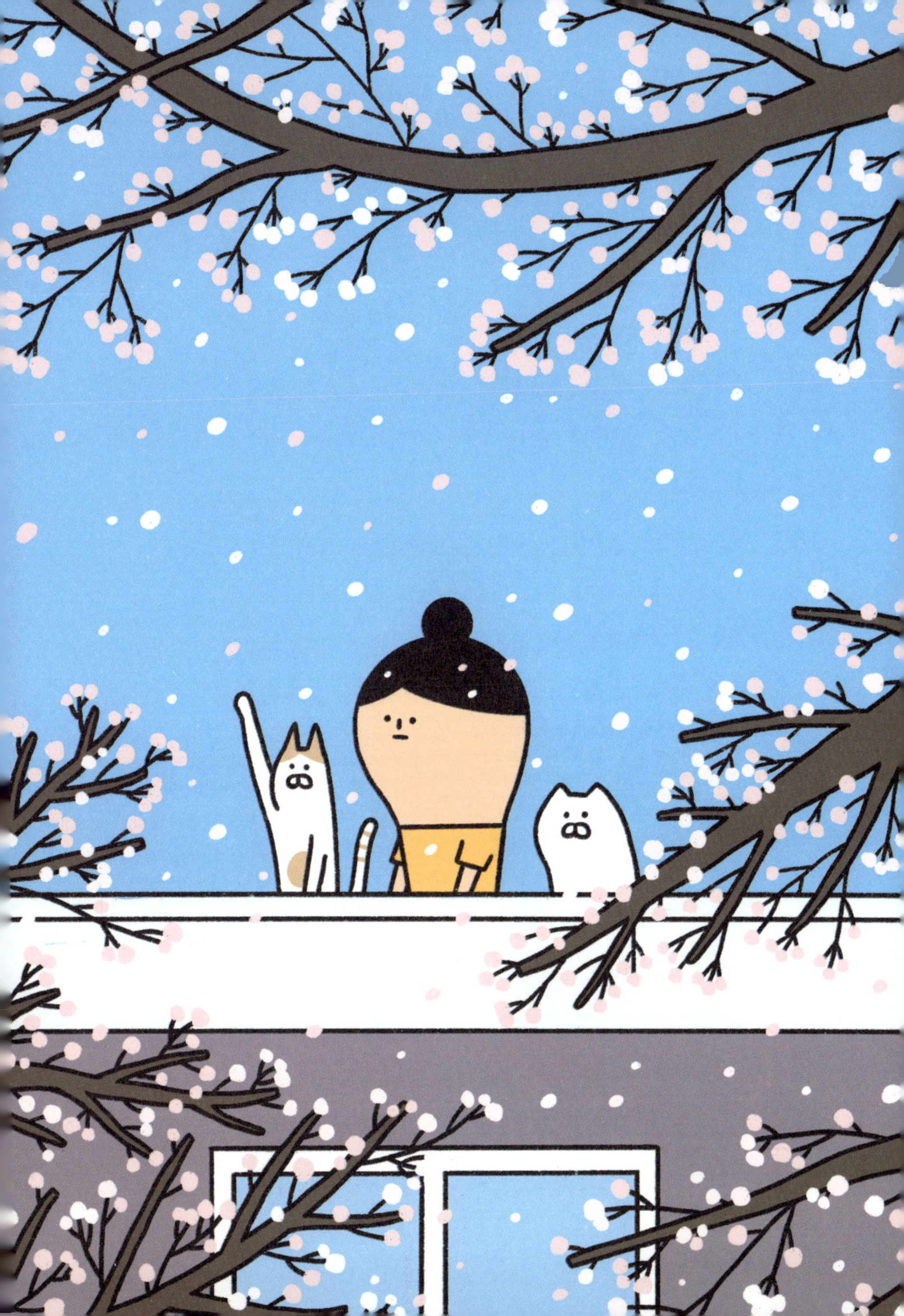

서둘러 뽑아내지 않으면 금세 뿌리를 키워
단단히 땅에 자리잡고 씨를 퍼뜨리기 때문에
눈과 손을 부지런히 움직여 뽑아내야 한다.

뽑아도 뽑아도 자라나는 잡초를 걷어내면서
사람들은 생명력 강한 잡초처럼 살라고 하지만,
나는 뽑아내고 약을 쳐야 하는 골칫덩이 잡초보다
피고 질 때까지 '예쁘다' 소리 듣는 꽃처럼 살고 싶어졌다.

비록 피고 지는 순간이 한철이라도
어여쁘고 아름답게 살고 싶다.

걸음마다 달라지는 풍경

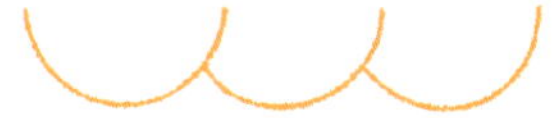

나는 걷는 것을 좋아한다.
정확히 말하자면,
걷는 동안 마주하는 풍경을 좋아한다.

차로 빠르게 지나가면
눈에 잔상처럼 스쳐 지나갈 것들을,
한 걸음 한 걸음 걸으면
찬찬히 눈에 담을 수 있다.

돌담 위에서 햇볕을 쬐는 고양이,
발밑에 피어난 이름 모를 작은 꽃들,

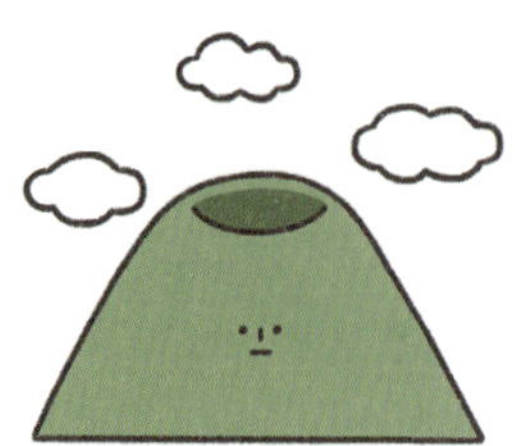

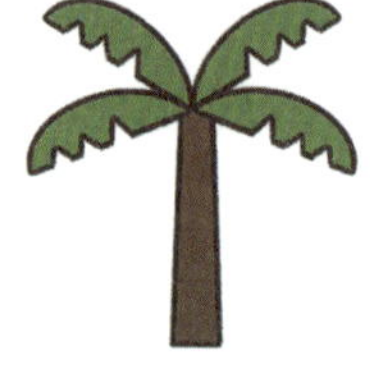

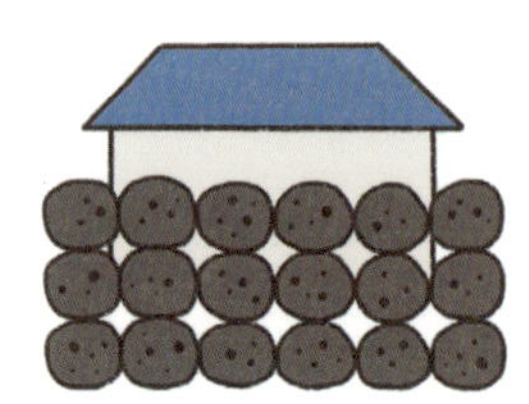

나뭇잎 사이로 비치는 햇살,
그리고 골목골목마다 가지각색
제주의 낮은 지붕을 가진 집들.

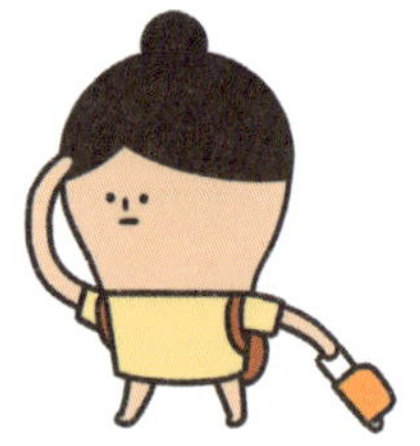

이 잔잔한 풍경들을 보기 위해
차로 10분이면 도착할 거리를
일부러 한 시간씩 걸으며
주변 풍경을 감상하기도 한다.

어느 날은 동네 골목골목을 걷고,
또 다른 날은 들판을 지나 바다를 끼고 걸으면
걸음마다 달라지는 풍경에 지루할 틈이 없다.

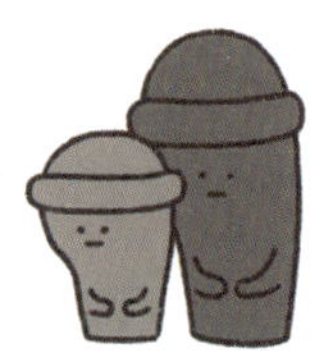

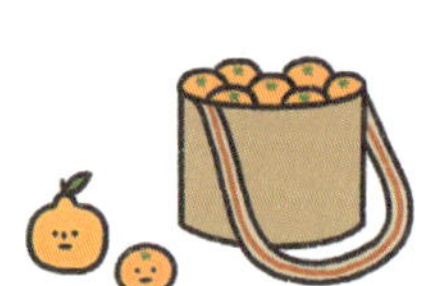

제주에 살면서
내가 찾은 제주의 진짜 아름다움은
바로 걷는 동안 만나는
잔잔한 풍경들 속에 있었다.

빠르고 효율적인 것만을
우선으로 여기는 세상에서,
때로는 비효율적이라 여겨지는 것들이
오히려 나를 더 깊이 있게 만들어 주었다.

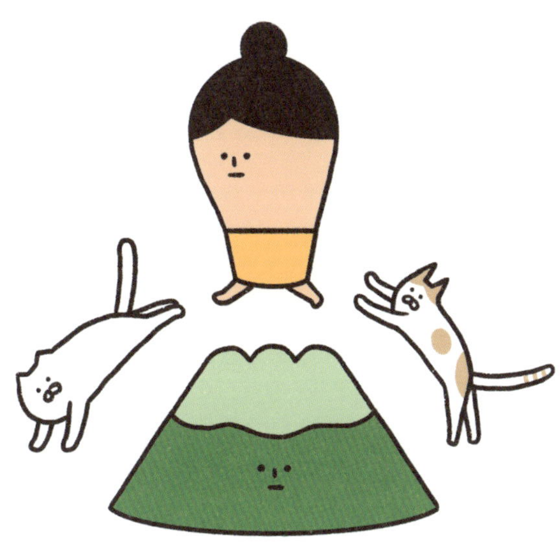

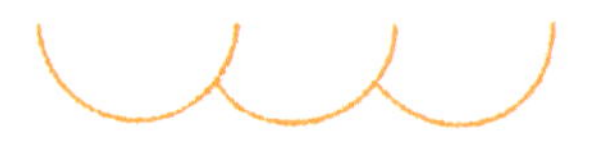

제주도의 날씨는 다섯 가지로 구분된다.
맑음, 흐림, 비, 눈,
그리고 바람.

육지에 살 때는 외출 전에 비가 오는지 안 오는지를
중점으로 일기예보를 확인했다면,
제주에 살게 된 뒤로는 비와 함께
바람까지 확인하는 것이 습관이 되었다.

제주는 여자와 돌, 바람이 많다고 해서
'삼다도'라 불리는 만큼 바람이 많이 불고 그 세기도 상당하다.
바람에 날려 눈에 들어가는 이물질과
정신없이 흩날리는 머리카락.
치마라도 입은 날에는
뒤집히는 치맛자락을 붙들고 씨름해야 하고,
바다 근처라도 다녀오면 머리카락 사이사이에
모래가 서걱거린다.

우산이 뒤집힐 정도라는
풍속 10m/s 이상의 날에는 외출할 마음을 접고
집에서 잠자코 바람이 지나가기를 기다리며
시간을 보내는 것이 상책이다.

제주살이 11년 차,
바람은 맞서는 것보다
잘 피하는 게 현명하다는 것을 알게 되었다.

이 동네로 이사 오기 전,
바다 너머로 보이던 풍력 발전기들은

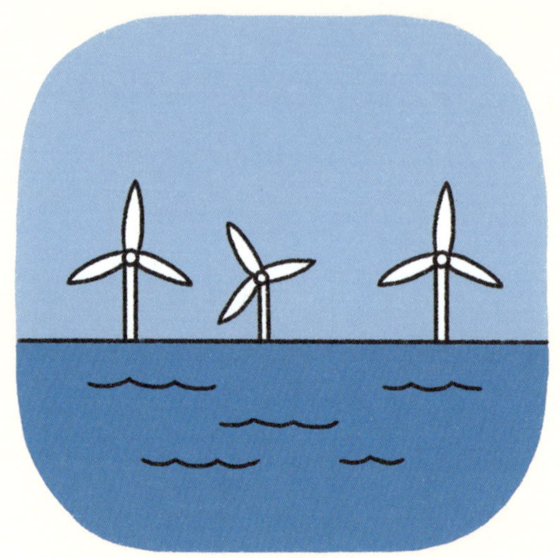

마냥 예뻤다.

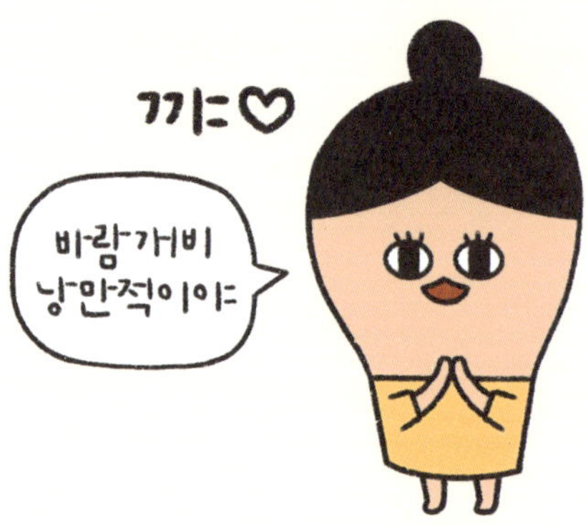

이곳에 풍력 발전기가 세워진 이유를 알고 난 지금은
마냥 예뻐 보이지만은 않는다.

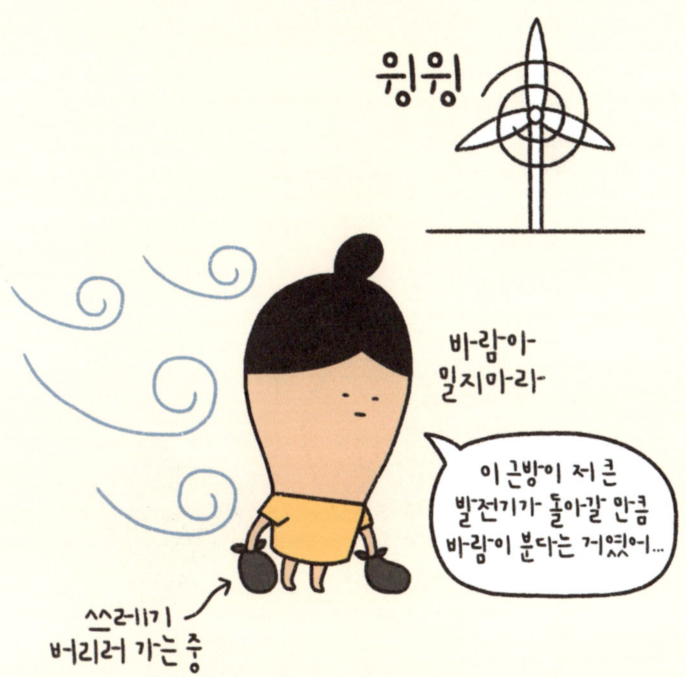

섬에 살지만
섬에 사는 티는 내고 싶지 않아

제주도의 어느 한 카페에 갔다.

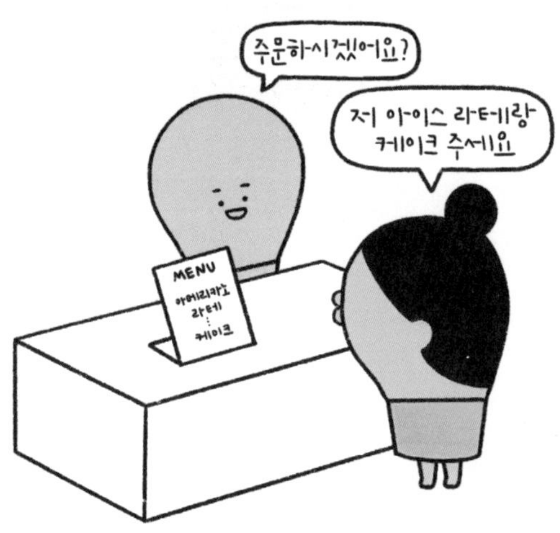

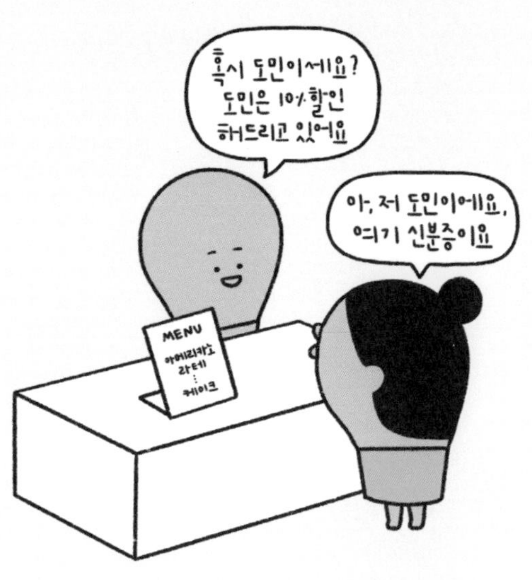

혹시 도민이세요?
도민은 10% 할인
해드리고 있어요
아, 저 도민이에요,
여기 신분증이요
MENU
아메리카노
라떼
:
케이크

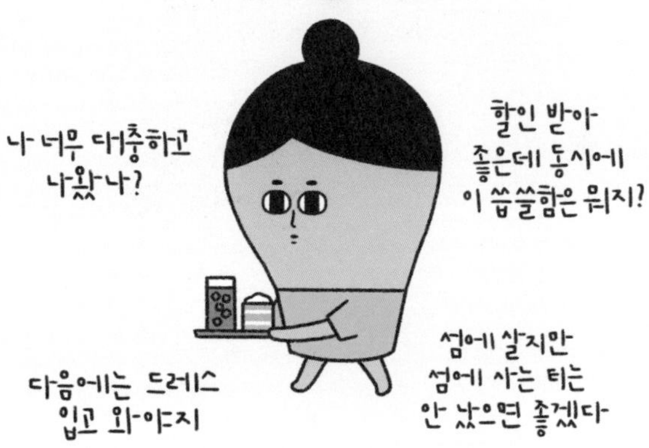

근데 내가 도민인걸
어떻게 알아보셨지?
나 너무 대충하고
나왔나?
할인 받아
좋은데 동시에
이 씁쓸함은 뭐지?
다음에는 드레스
입고 와야지
섬에 살지만
섬에 사는 티는
안 났으면 좋겠다

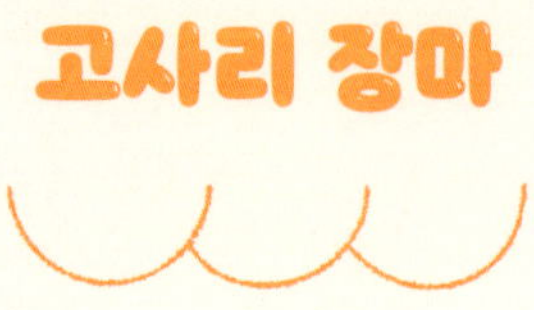

고사리 철이 돌아오면
친구들과 고사리를 따러 가고는 합니다.

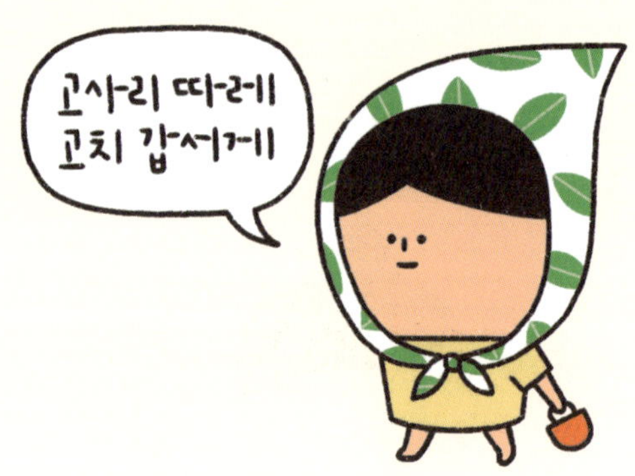

* 고사리 따레 고치 갑서게:
'고사리 채집하러 같이 가요'의 제주 방언.

고사리 따는 방법은 간단합니다.
고사리를 발견하면
고사리 밑동 부분을 '뚝' 하고
꺾어 주면 끝!

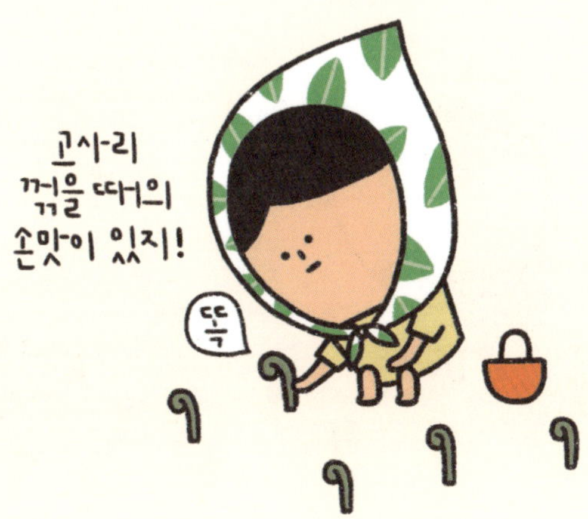

고사리를 딸 때는
고사리 따는 데 정신이 팔려서
고사리 미아가 되지 않게
주의해야 합니다.

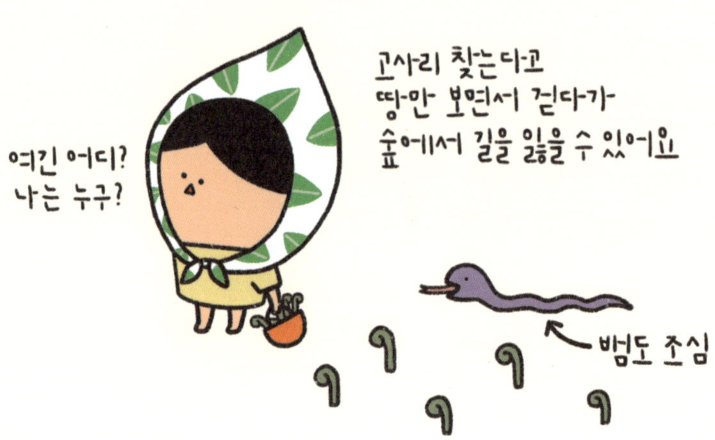

제주도에는 육지와는 다른 특별한 기후 현상이 있다.
바로 봄에 내리는 장마다.
제주도의 봄장마는
4월부터 5월 초까지 이어지는데,
이때 내리는 비는 어린 고사리가 자라는 데
필요한 역할을 해준다고 해서
'고사리 장마'라고 부른다.

봄장마도 아니고, 고사리 장마라니.
하지만 이런 귀여운 이름과 달리
어찌 보면 여름 장마보다 훨씬 성가신 존재다.
고사리 장마는 마치 누군가 하늘에서
분무기로 물을 뿌려대는 것처럼
비가 스프레이 형태로 내리기 때문에
물속에 사는 듯한 축축한 상태로
한동안 지내야 하기 때문이다.

고사리 장맛비를 맞고
고사리들이 쑥쑥 자라 통통해지기 시작하면
중산간의 고사리 자생지 인근 도로에는
고사리를 따러 온 사람들의 차가 일렬로 길게 줄을 선다.

고사리를 따는 시기에는
허리를 숙인 채 발밑의 고사리만 보며
앞으로 나아가다 점점 깊은 숲속까지 들어가
길을 잃는 사람이 많은데
이런 사람들을 '고사리 미아'라고 부른다.

나도 고사리 철이면 동네 언니들을 따라
고사리를 따러 나서곤 한다.
처음에는 눈에 잘 띄지 않던 고사리들이
눈에 익기 시작하면 그때부터 손이 바빠진다.
고사리 밑동을 '톡톡' 따는 손맛이 재미있어
시간 가는 줄 모르고 따다 보면
어느새 앞치마 주머니에 고사리가 한가득 찬다.

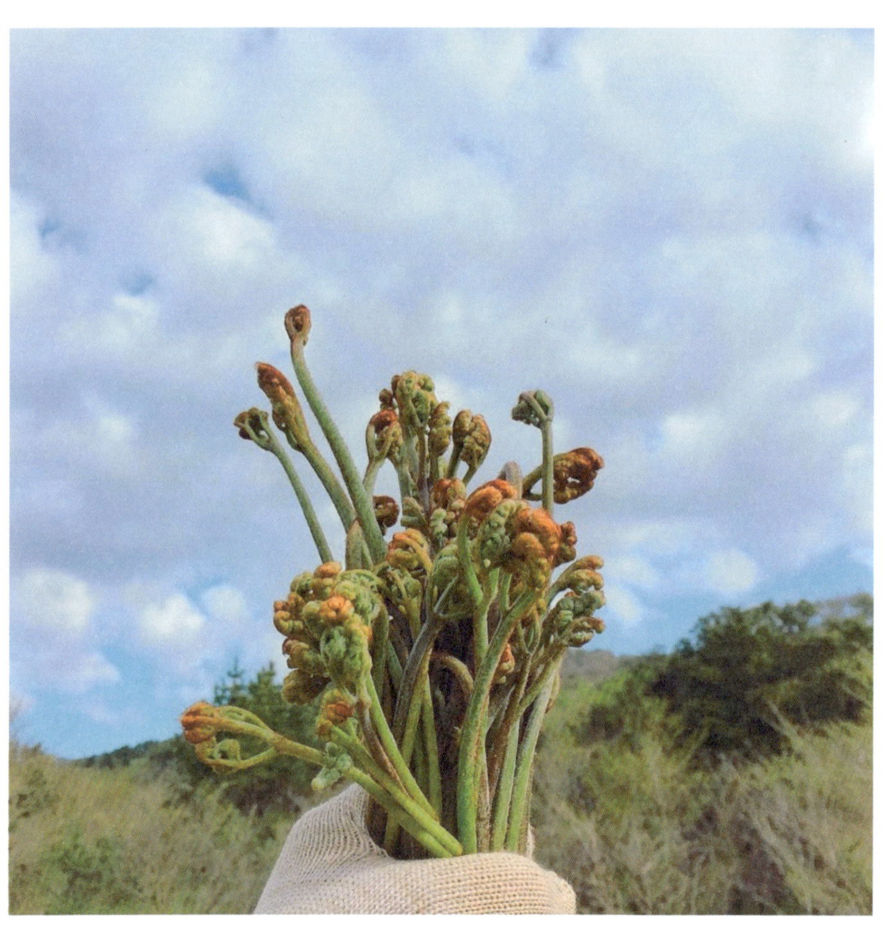

고사리에는 독이 있어 갓 딴 상태로는 먹을 수 없다.
끓는 물에 소금과 함께 삶은 뒤, 12시간 이상 물에 담가
독성을 빼주어야 한다.
이 상태로 말려도 되지만,
나는 말리지 않은 생고사리를 더 선호한다.
건고사리보다 부드럽고 고사리 특유의 맛이 살아 있어 좋다.

생고사리는 삼겹살 구울 때 함께 구워도 좋고
생선조림에 넣어도 맛이 좋지만,
고사리 장마를 맞고 자란
오동통한 고사리를 넣은 파스타는
고사리를 따는 이 시기에만 맛볼 수 있는 별미다.

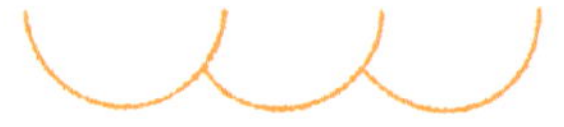

모든 계절에 꽃이 피는 섬

제주에는 계절마다 다양한 꽃이 피고 진다.

봄에는 유채
여름에는 수국
가을에는 억새
겨울에는 동백

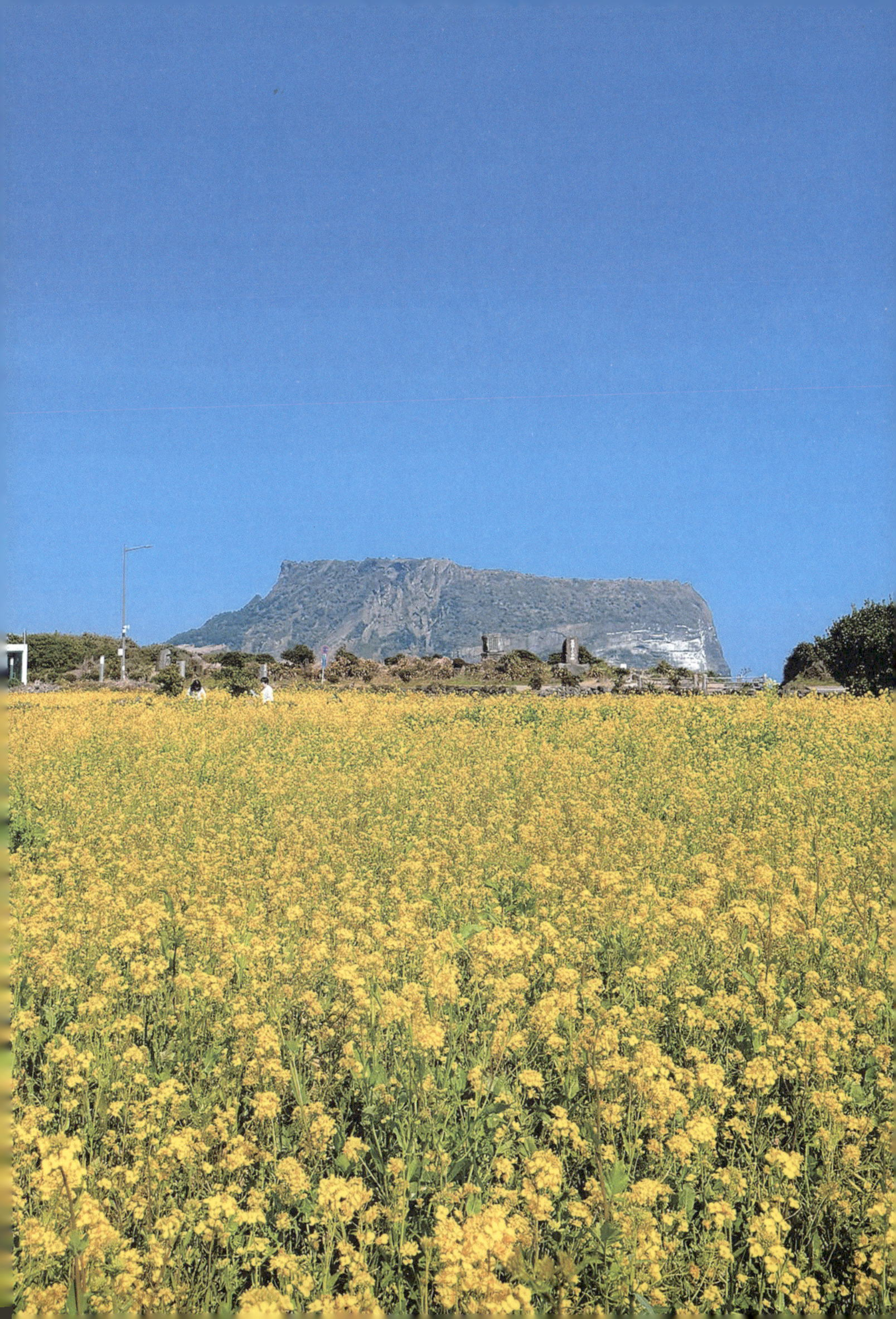

또 그 사이사이
벚꽃, 귤꽃, 해바라기꽃, 메밀꽃 등
계절마다 다양한 꽃이 피어나
꽃구경 다니느라 섬살이가 지루할 틈이 없다.

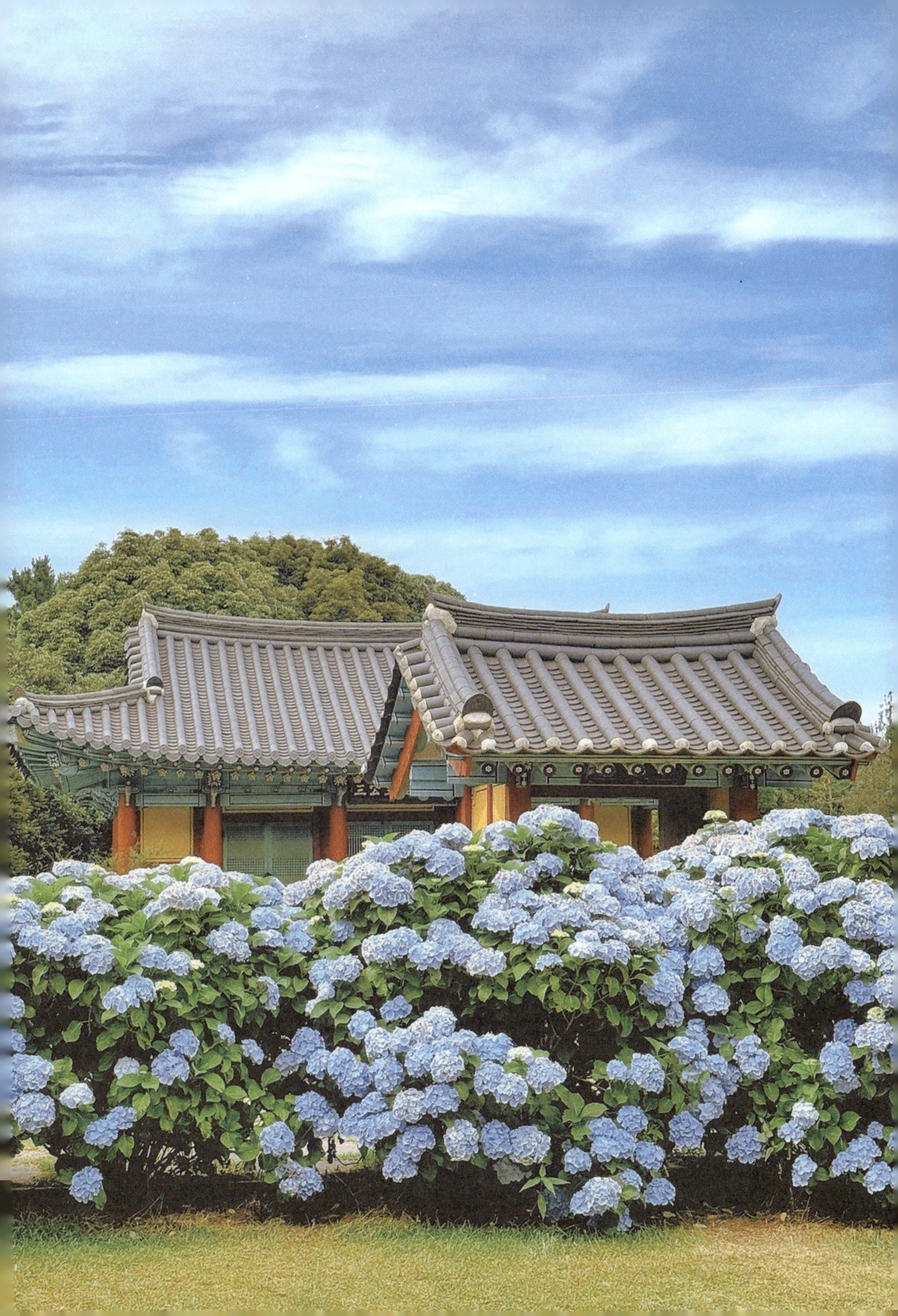

이렇게 모든 계절에
피고 지는 꽃들을 챙겨 보다 보면,
계절을 온전히 느끼며 사는 기분이 든다.

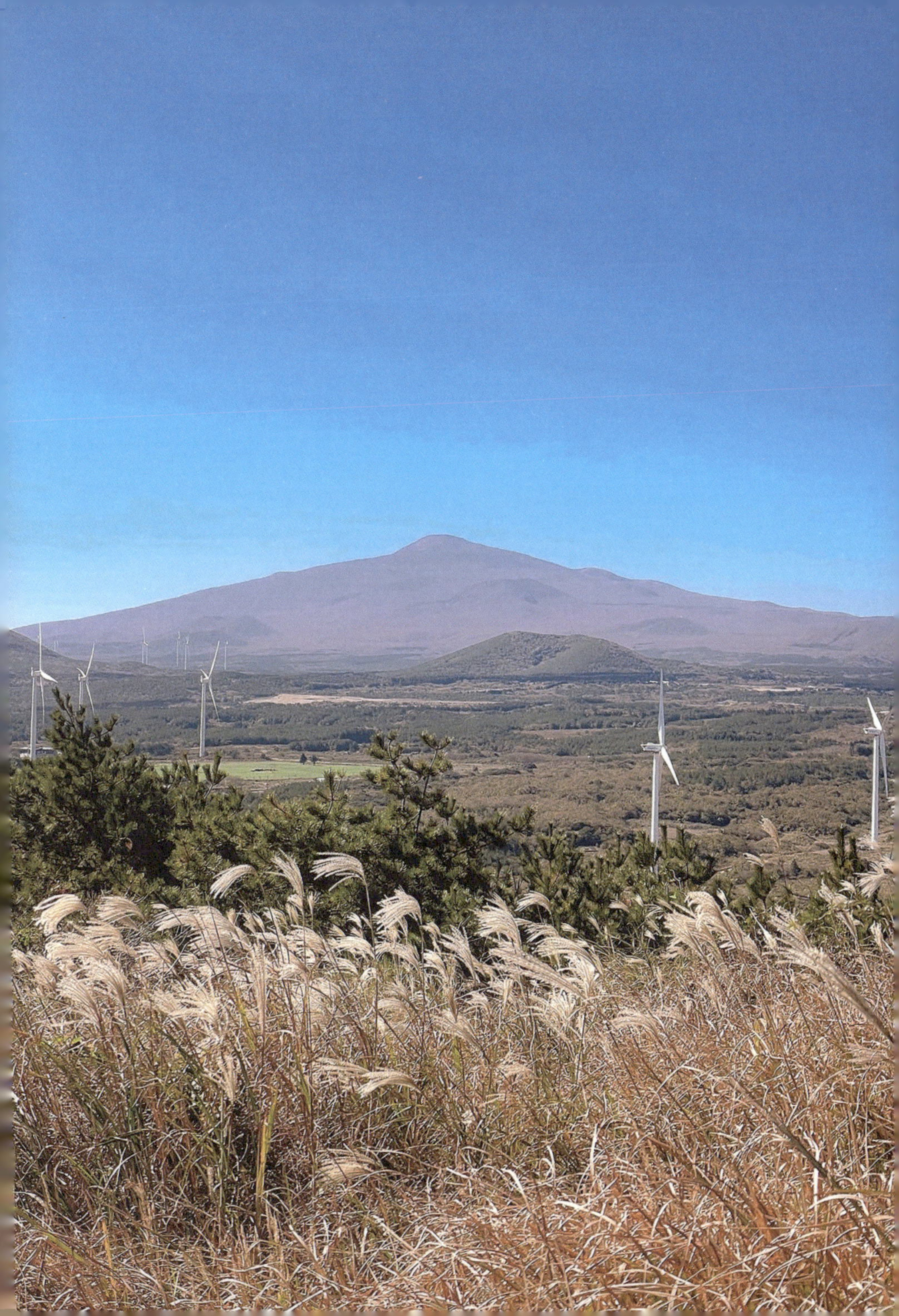

붉은 동백꽃이 나무 아래로 떨어져 수북이 쌓여 가는 것을 보며
나는 곧 노랗게 섬을 물들일 유채꽃을 기대한다.

모든 계절에 꽃이 피는 이 섬에는
계절이 꽃과 함께 오고, 꽃과 함께 지나간다.

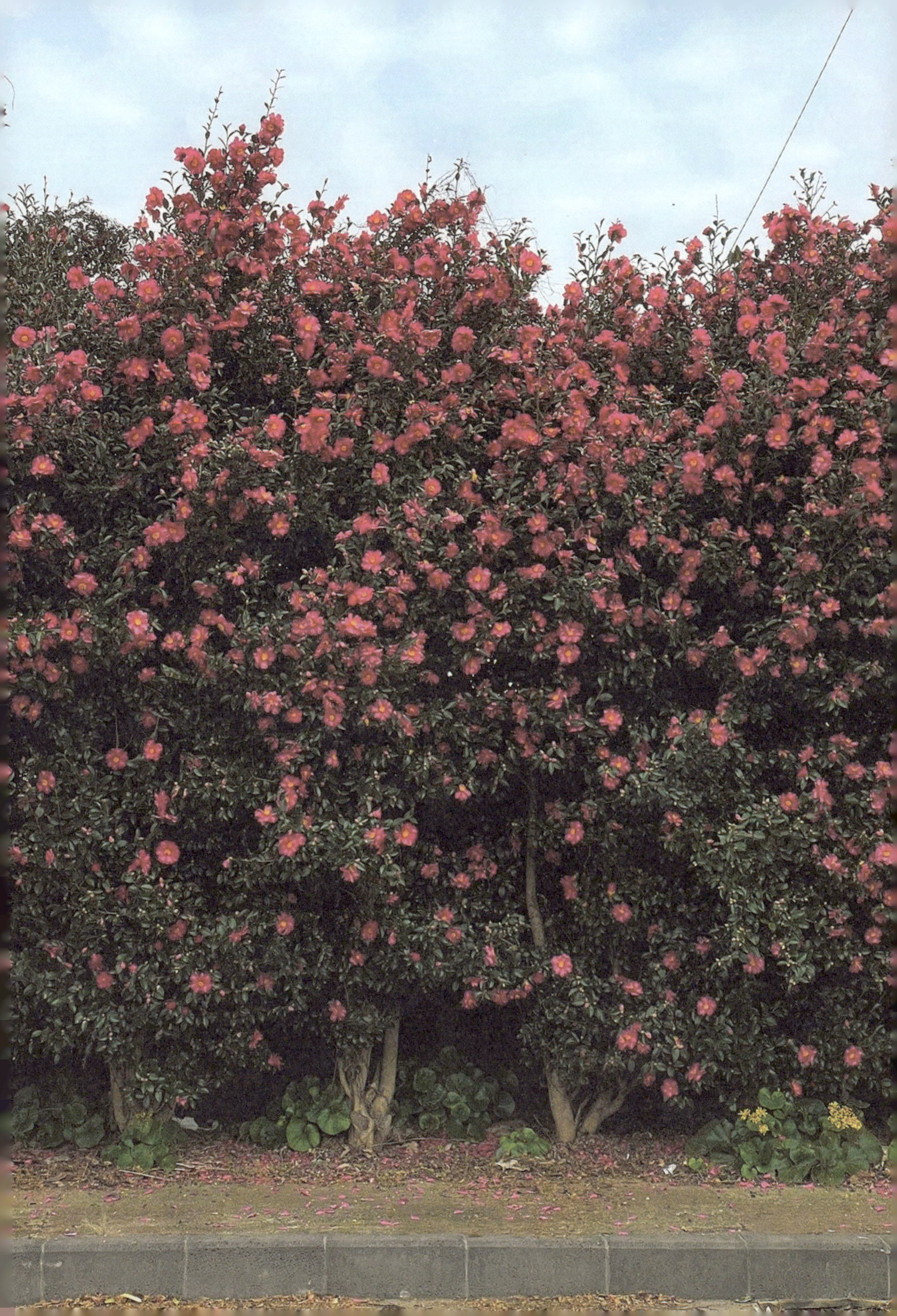

자연을 마음껏 누리는 삶

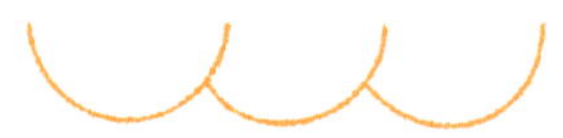

제주의 삶에서 몸을 조이는 옷은 불편하기만 하고,
바닷가를 걸으며 들기에 비싼 가죽 가방은 무겁고,
오름을 오르며 뾰족구두를 신을 일은 더더욱 없다.

바람이 통하는 넉넉한 옷과
편한 신발, 가벼운 천 가방이면 충분하다.

남을 의식하거나 기분 전환용으로 사들인 사치품들은
제주에 살면서 자리만 차지하는 짐이 되어 버렸다.

대신 이곳에서는
자연을 사치하며 산다.

산책길에 본 바다가 유독 반짝거려
그대로 앉아 하염없이 바라보기도 하고,
어느 날은 집 앞 바다가 너무나 당연하여
눈길 한번 주지 않고 지나치기도 한다.

온종일 숲에 들어가 새 소리, 바람 소리 들으며
내 집 안방처럼 누워 있기도 하고,
오름을 뒷산 오르듯 올라
세상을 발밑에 두어 보기도 한다.

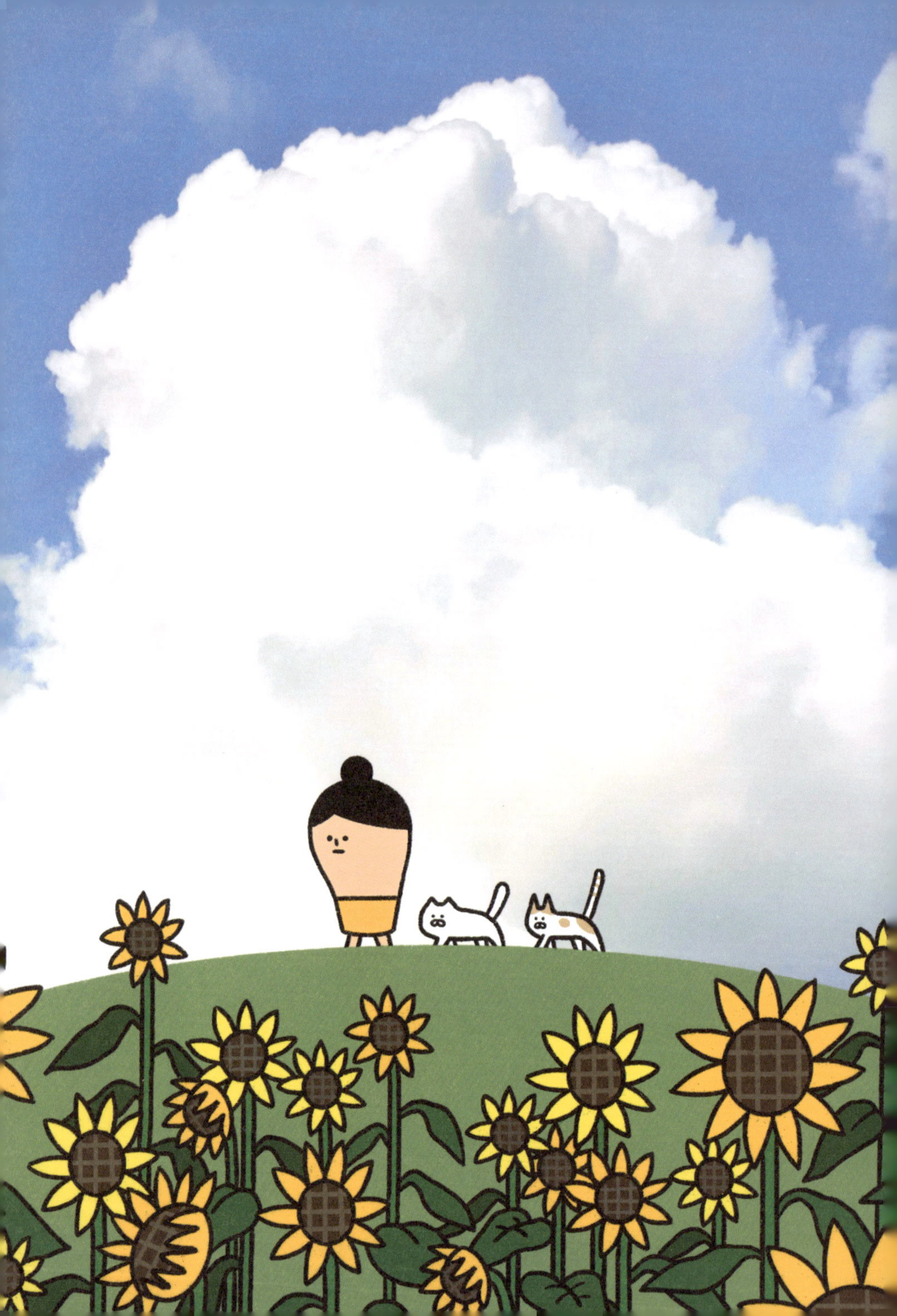

육지에서는 친구를 만나면
밥을 먹고, 카페에 가고, 영화를 보고, 쇼핑하는 것이
일정의 대부분이었다.
하지만 제주에서는 친구와 숲을 걷고
바다를 바라보며 시간을 보낸다.

물질적인 것보다 자연을 양껏 누리며 사는 것이
제주에 사는 사람의 사치다.

둥실둥실 바다를 떠다니는 여름

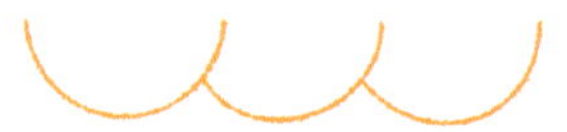

가만히 있어도 땀이 줄줄 흐르는 무더운 여름날이면
나는 집 앞 바다로 향한다.
수영복이나 갈아입을 옷도, 씻을 거리도 필요 없다.
물에 젖어도 몸이 비치지 않는 옷을 챙겨 입고
수건 하나와 물안경 하나를 손에 들고
터덜터덜 바다를 향해 걷는다.

맑고 투명한 초록빛 바다에 몸을 담그고
물안경 너머로 바닷속을 들여다보며 물길을 헤치면
조그마한 물고기들이 떼를 지어 유유히 눈앞을 지나간다.

수영하다 잠시 지칠 때, 몸에 힘을 빼고 가만히 누우면
몸이 물 위로 둥실 떠오른다.
하늘을 향해 눈을 감고 바다에 몸을 맡기면
마치 바다를 둥실둥실 떠다니는 한 마리 해파리가 된 듯하다.

해파리는 심장이 없다던데….
심장뿐 아니라 내장 기관도 없어서
어떤 해파리는 죽지 않고 영원히 산다는 글을 본 적이 있다.
이대로 해파리가 되면, 아무 생각 없이
바다를 떠다니며 영원히 살 수 있을까?

그렇게 잠시 한 마리 해파리가 되어
파도의 움직임대로 둥실둥실 바다를 떠다녀 본다.

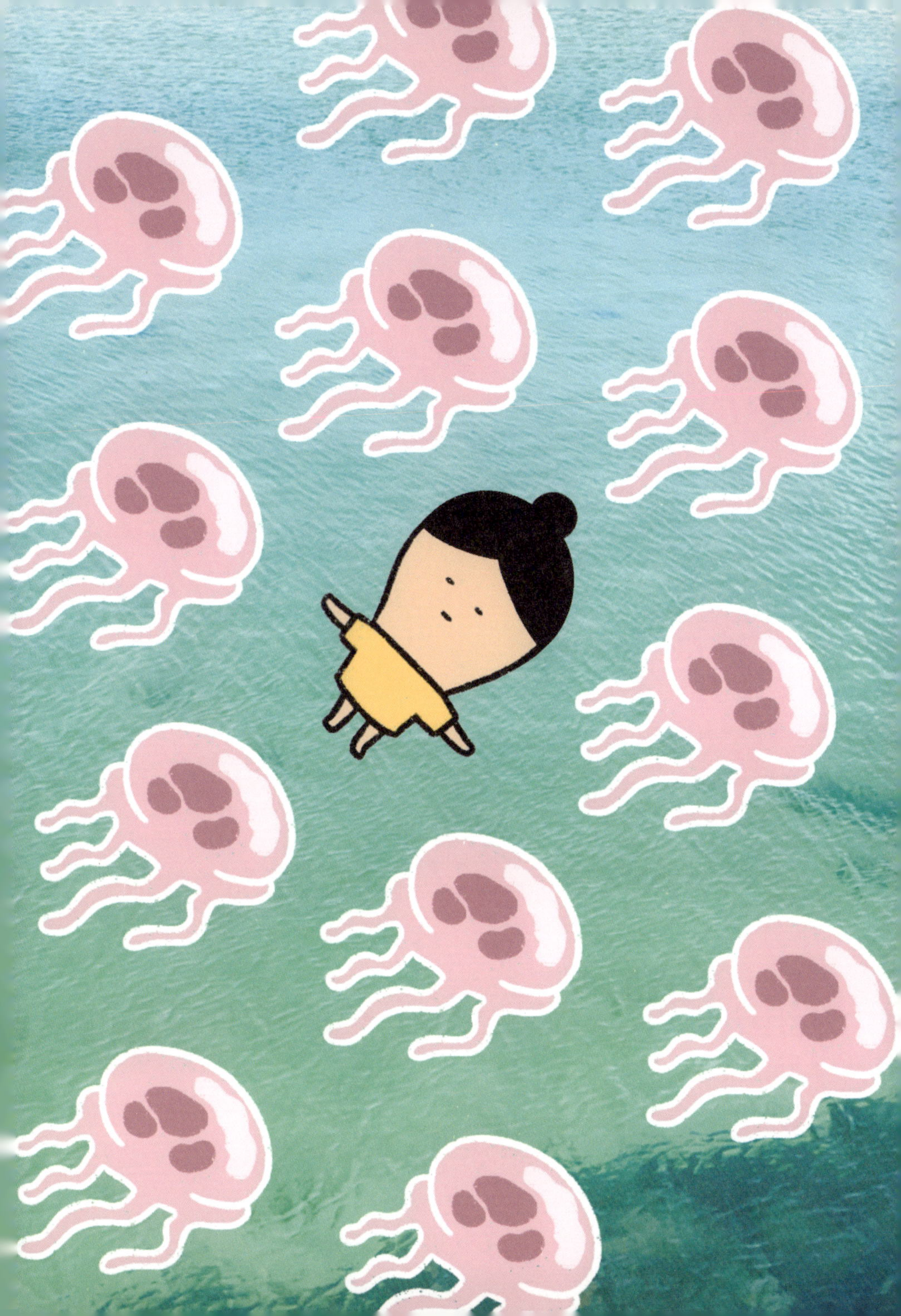

기껏 바다까지 왔다는 본전 생각은 할 필요도 없이,
해파리처럼 힘들이지 않고
가벼운 마음으로 언제든
바다에 풍덩 뛰어들 수 있다는 것이
집 앞이 바다인 사람이 보내는 여름이다.

태풍이 몰아치는 밤

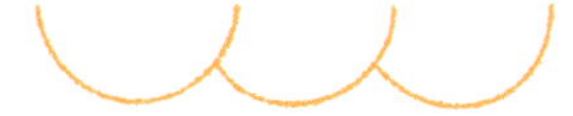

매년 여름이면
태풍이 한두 차례 섬 가까이를 지나간다.
태풍 예보가 뜨면
섬에는 전운이 감돌고,
만나는 사람마다
태풍을 무사히 보내자는 말로
인사를 대신한다.

태풍이 온다는 것을 미리 안다 해도
사람이 할 수 있는 일은 많지 않다.
밖에 있는 화분을 안으로 들이고,
창문을 단단히 잠근 뒤
집 안에서 고양이들과 그저 별탈 없이
무사히 지나가 주기만을 바라고 있을 수밖에.

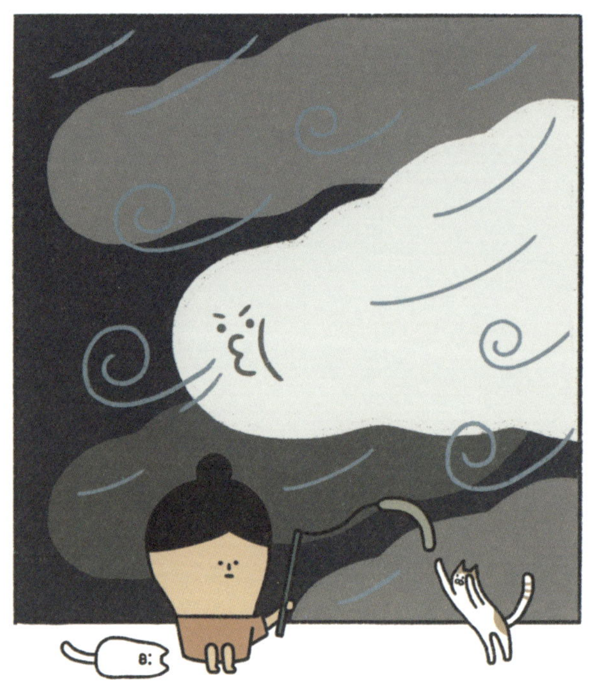

밤사이 태풍이 섬을 휘몰아치고 지나갔다.
바람이 창문을 두드리고 지붕을 흔드는 소리에
긴장해 잠을 이룰 수 없었다.

작년에는 저녁부터 아침까지
전기가 끊기는 바람에 애를 먹어서,
올해는 초도 사 두고 보조 배터리도 충전해 두며
만반의 준비를 했는데
다행히 전기도, 물도 이상이 없다.

동이 트자마자 집이 무사한지 한 바퀴 둘러보는데
마주친 앞집 삼춘이 말을 건넨다.
"밤에 무서웠지? 나는 한숨도 못 잤어."
지난밤을 이해해 주는 사람의 말 한마디에
긴장했던 마음이 조금은 풀어진다.

태풍이 여름도 함께 데려간 건지,
언제 그렇게 큰바람이 지나갔느냐는 듯
잠잠해진 하늘에서 가을 냄새가 난다.

오름에 오름

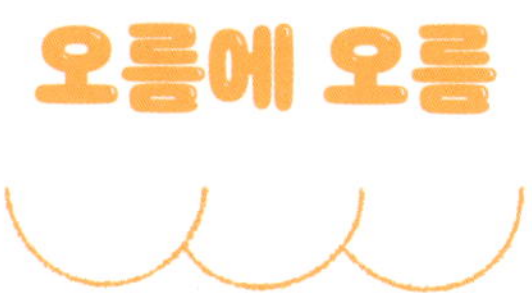

제주도의 360여 개 오름 중
내가 종종 가는 곳은 열 손가락 안에 꼽힌다.

오늘은 그중에서도 '오름의 여왕'이라 불리는
'다랑쉬오름'에 올랐다.

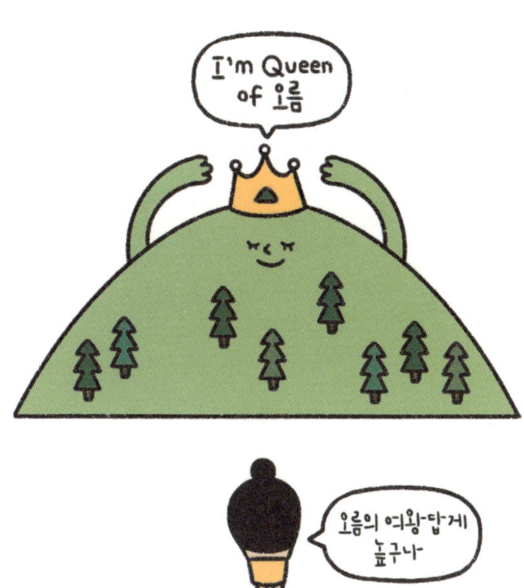

오름에 오를 때는 숨이 차고
다리도 아파 힘이 들지만

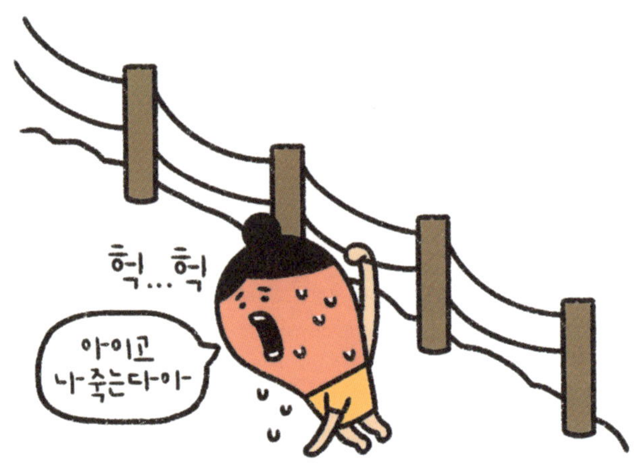

정상에서 마주한 풍경은
올라오며 느낀 모든 힘듦을 잊게 할 만큼 멋지다.

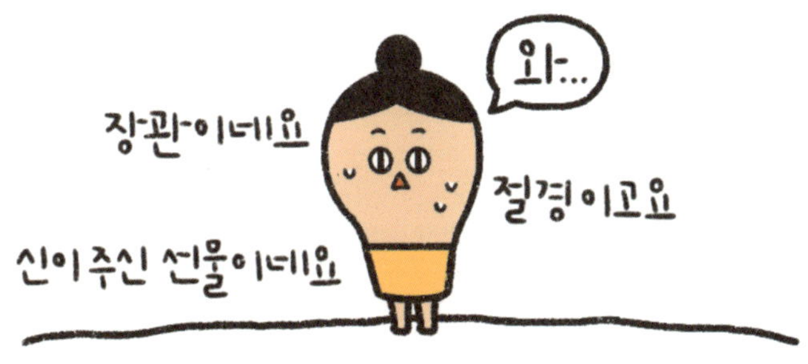

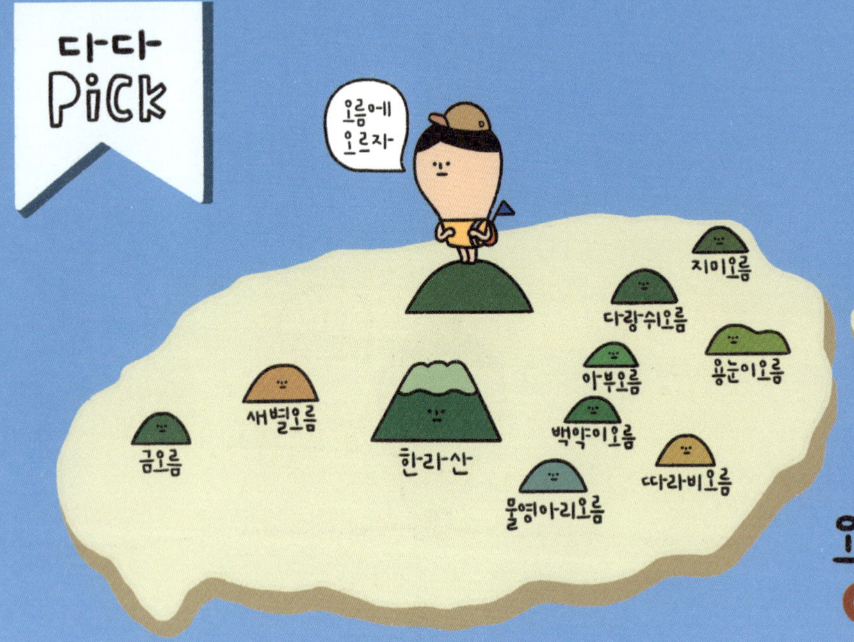
다다
Pick
오름에
오르자
지미오름
다랑쉬오름
용눈이오름
아부오름
새별오름
백약이오름
금오름
한라산
따라비오름
물영아리오름
오름
9

제주도에 있는 오름은 무려 360여 개에 달한다.
하루에 하나씩 올라도 1년이 훌쩍 넘을 만큼 그 수가 많지만
내가 자주 찾는 오름은 열 손가락 안에 꼽을 정도로 적다.

모든 오름의 탐방로가 잘 정비된 것은 아니기 때문에
아무 오름이나 오르는 섣부른 도전은 금물!

지금부터 소개하는 9개의 오름은
탐방객들이 꾸준히 찾는 곳으로, 길이 잘 정비되어 있어
초보 방문자들에게 추천하는 곳이다.

1. 금오름

능선을 따라 걸으면 한라산과 저 멀리 비양도까지 볼 수 있다.
비가 와서 분화구에 물이 고이면 '작은 백록담'이라 불리기도 한다.

2. 새별오름

매년 정월대보름 전날 오름을 태우는 '들불축제'로 유명하다.
가을에 억새로 뒤덮일 때가 가장 아름답다.

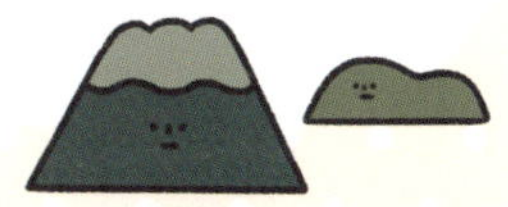

3. 지미오름

정상에 오르면 우도와 성산일출봉이 한눈에 내려다보인다.

일출 시간에 맞춰 오르면 잊지 못할 풍경을 감상할 수 있다.

4. 다랑쉬오름

분화구가 달처럼 둥글게 보여 붙은 이름으로,

제주에서 두 번째로 높은 오름이라 경사가 있는 편이다.

그래도 정상에서 바라보는 풍광이 더없이 아름다워

충분히 도전해 볼 가치가 있는 오름이다.

5. 용눈이오름

분화구의 모양이 용이 누워 있는 모습과 닮아

'용눈이'라는 이름이 붙었다.

제주 오름 중에서도 자연이 가장 잘 보존된 곳으로 평가받는다.

오름 아래 목장이 있어 초원을 달리는 말을 구경하기에도 좋다.

6. 아부오름

10분도 채 걸리지 않는 완만한 오름이다.

분화구를 따라 동그랗게 심어진 삼나무 숲길이 있어

산책하기 좋으며

제주 동쪽에서 일몰을 감상하기에 가장 좋은 곳으로 꼽힌다.

7. 백약이오름

백 가지 약초가 자란다고 해서 붙은 이름이다.

오름 초입의 계단이 아름다워 사진 촬영지로 유명하며,

난이도가 높지 않아 가볍게 올랐다가 내려오기 좋다.

8. 따라비오름

3개의 분화구와 6개의 봉우리로 이루어진 오름이다.

가을이면 억새로 뒤덮여 황금빛 장관을 이루니, 가을 방문을 특히 추천한다.

9. 물영아리오름

커다란 나무 사이로 난 비밀스러운 길을 따라 오르면

'신령스러운 산'이라는 뜻의 물영아리오름에 닿는다.

람사르습지로 지정된 이곳은

비 오는 날이면 물안개가 피어올라 신비로운 분위기를 자아낸다.

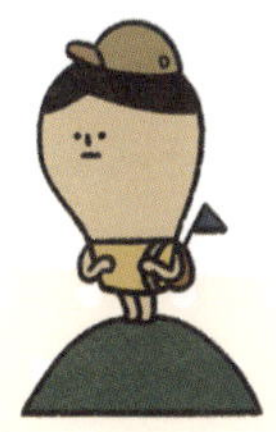

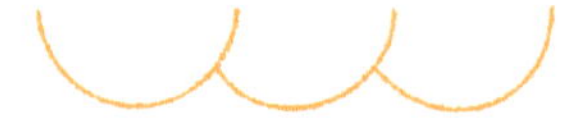

무뎌짐에 대한 환기

제주에 사는 사람들에게는
가족이나 친구가 놀러 오는
'손님맞이 주간'이 있다.

친구마다 성향이 달라서
오기 몇 달 전부터 일정을 알려주는 경우도 있고
비행기 타기 며칠 전에 알려주는 경우도 있다.
심지어 제주에 도착해서야 연락하는 친구도 있다.

제주에 온 지 얼마 되지 않았을 때는
무리해서라도 내 일정을 조정해
친구들과 함께 시간을 보내곤 했다.

그러나 제주살이 11년 차인 지금은
서로 일정이 맞으면 함께하고
그렇지 않으면 편하게 다음을 기약한다.

서로의 마음에 불편함이 없어야
그 시간이 즐겁고
관계가 오래 지속된다는 것을
이제는 잘 알기 때문이다.

친구들이 제주에 오면,
그때는 나도 잠시 여행객의 마음으로
제주를 함께 여행해 본다.

평소라면 가볼 생각도 없었던,
사진이 잘 나오는 식당에서 식사하고
바다 앞 카페에서 비싼 커피도 마신다.
기념품 가게에 들러
여행자의 눈으로 제주를 바라보고,
집이 아닌 다른 곳에서 하룻밤을 묵기도 한다.

여름에는 친구와
바다 수영을 하기도 한다.
몇 해 전 놀러 왔던 한 친구는
그날 함께 수영한 바다와
저녁에 본 노을의 색을
몇 년째 이야기하고 있다.

나에게는 그저 일상적인 순간이었지만
그 친구에게는
아주 특별한 기억으로 남아 있다.
누군가에게는 인생의 손꼽히는 추억이
나에게는 그저 평범한 하루라니.

익숙함에 무뎌져 있던 것들이
사실은 행복이었다는 것을
다시금 깨닫는다.
행복인 줄 모르고 누리던 순간들이
늘 내 일상 속에 함께 있었다.

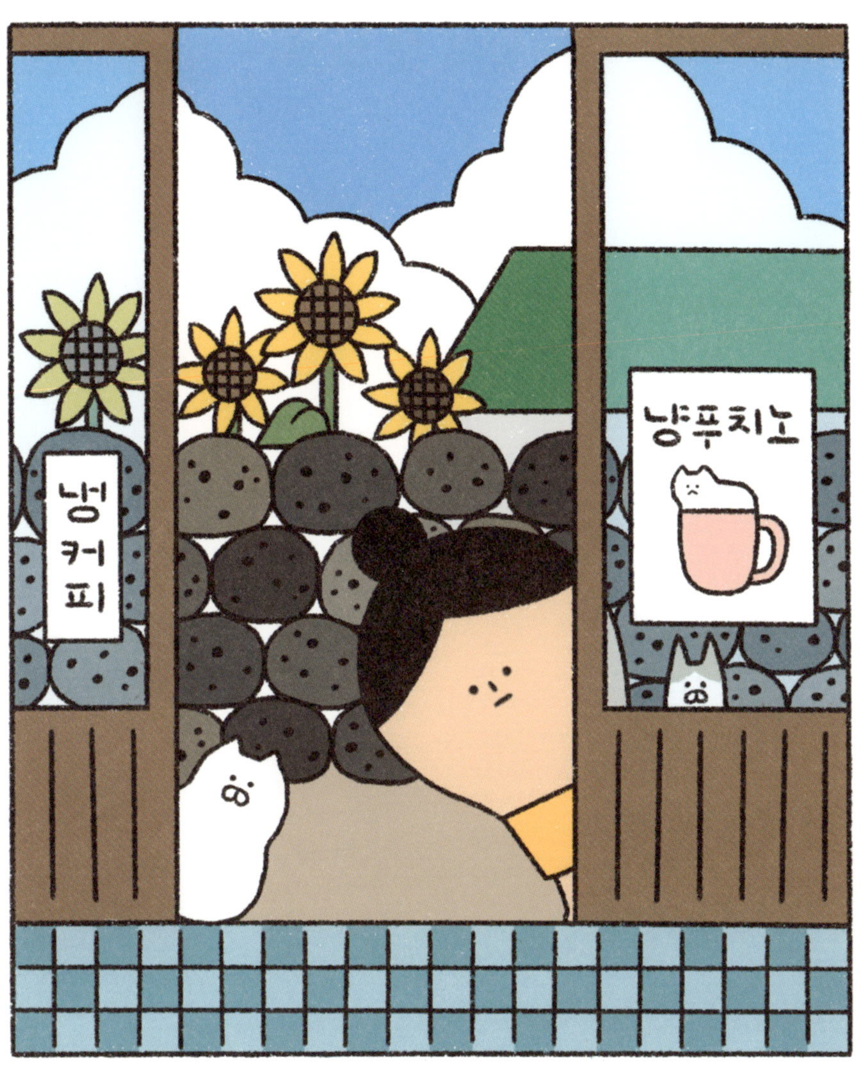

냉커피
냉푸치노

매일이 첫 노을

제주에 살면서 노을을 보기 위해
해 질 무렵 나서는 산책이
하루의 루틴이 되었다.
그러다 보니 계절마다 해 지는 시간에 맞춰
산책 시간도 조금씩 다른데
해가 긴 여름에는 저녁 7시쯤,
해가 짧은 겨울에는 5시가 조금 넘으면 집을 나선다.

해가 저물 때의 빛을 좋아한다.
오늘의 해가 떠나기 전 남기는 노란빛이 세상을 감싸면
나를 둘러싼 모든 것이 따뜻하게 느껴진다.

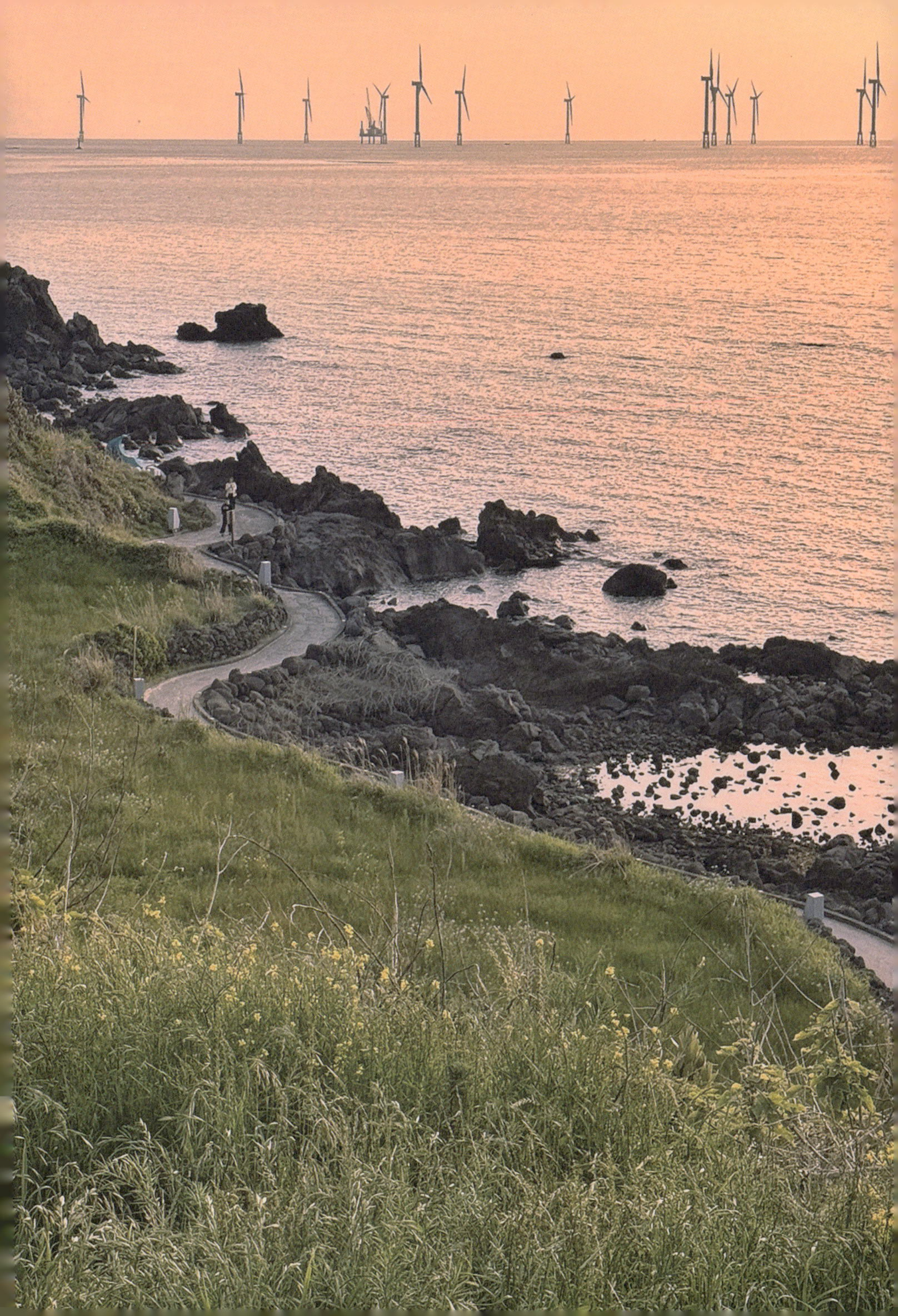

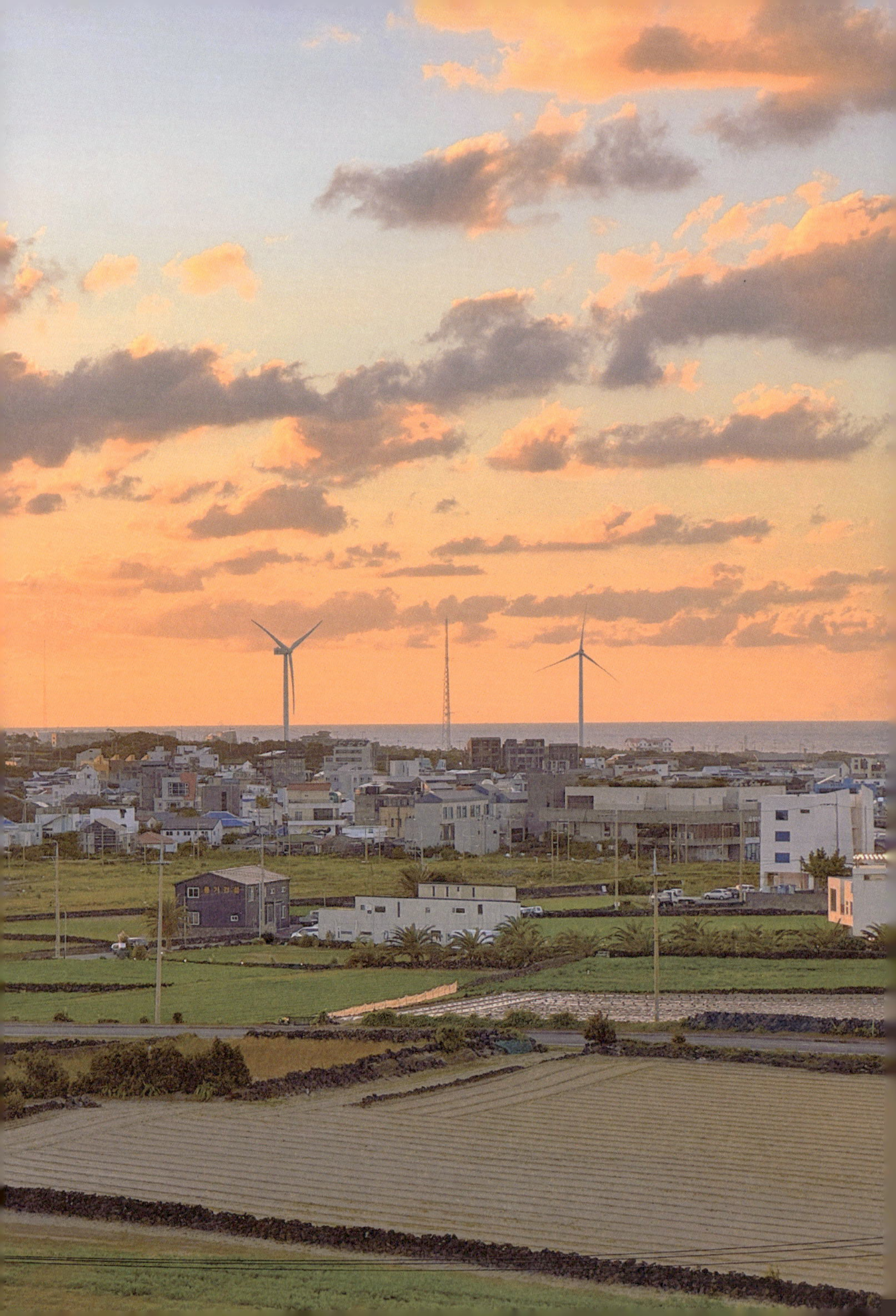

노을은 단 하루도 같은 모습으로 진 적이 없다.
어느 날은 붉게,
또 어느 날은 보랏빛으로 하늘을 물들이고,
구름이 있는 날과 없는 날,
흐린 날과 맑은 날의 색도 모두 다르다.
단 하루도 같은 모습으로 해가 진 적이 없으니
나에게는 매일이 '첫 노을'인 셈이다.

사람은 아름다운 것을 보는 것만으로도
살아갈 힘을 얻는다던데
이렇게 아름다운 노을빛을 바라보고 있자니
어린 왕자가 왜 온종일 의자를 조금씩 옆으로 옮기며
마흔네 번이나 해 지는 모습을 바라보았는지 이해가 된다.

오늘도 나의 첫 노을이 하늘을 붉게 물들이고 있다.
첫 노을만 12,938번째.

숲이 나를 부를 때

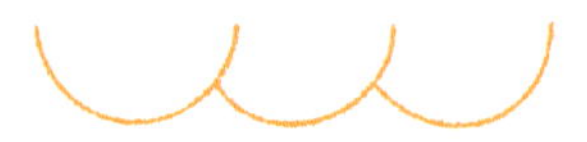

집 앞 바다가 무거운 마음을 내려놓게 한다면
집에서 멀지 않은 숲은 공허한 마음을 채워준다.

마음이 붕 뜨고 허전한 날에는 숲을 찾아
나무로 겹겹이 둘러싸인 길을 걸으며
숨을 깊이 들이마신 뒤
마신 만큼 다시 뱉어내기를 여러 번 반복한다.

그러면 몸 안을 부유하던 나쁜 기운은 빠져나가고,
좋은 기운으로 가득 차는 기분이 든다.

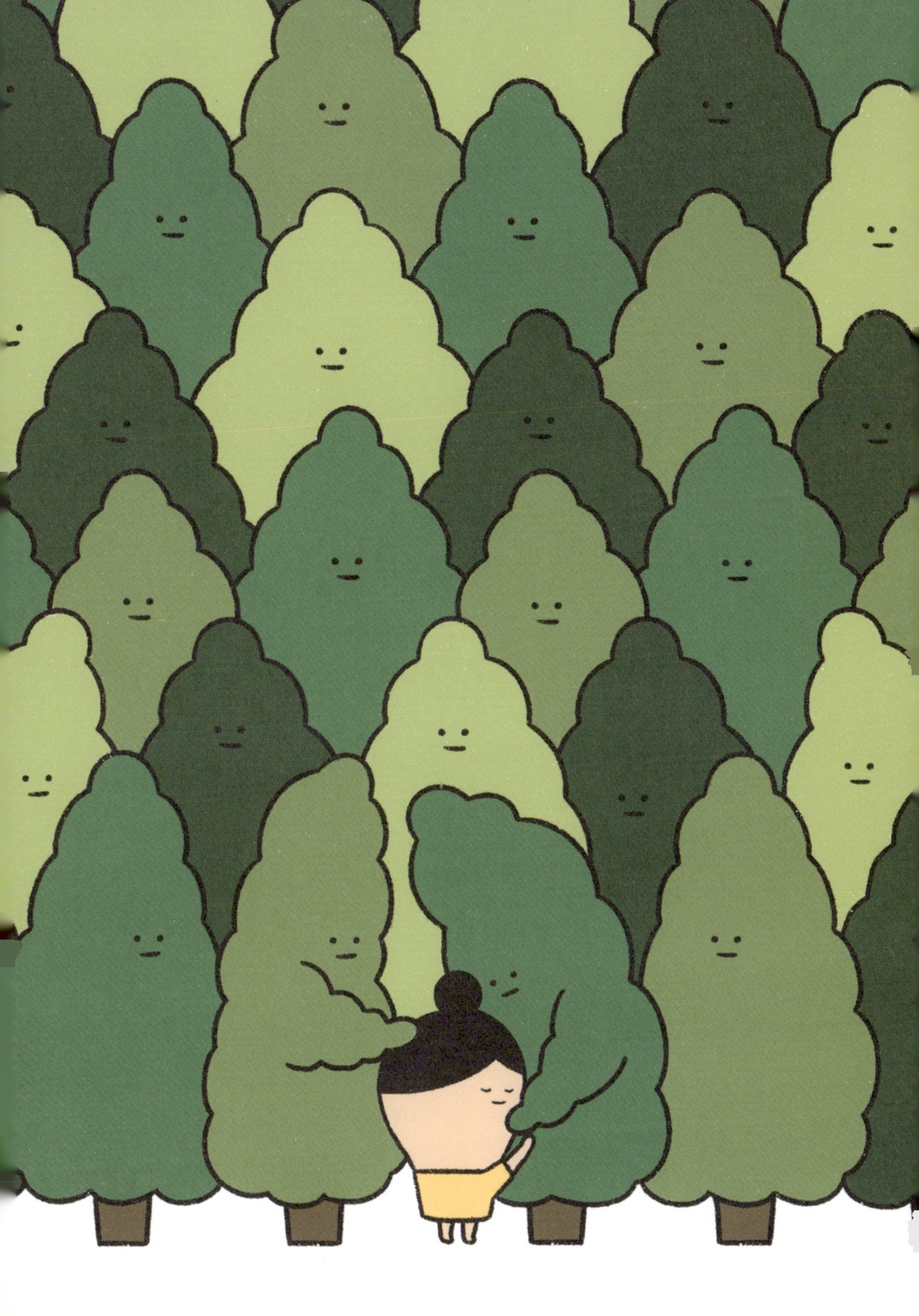

사람이 자연 속에서 편안함을 느끼는 건
자연 앞에서는 잘 보이기 위해 긴장하지 않아도 되고,
때로는 자존심을 지키기 위해 부리는 허세도 필요 없이
온전한 내 모습 그대로 있을 수 있기 때문 아닐까.

어쩌면 지치고 힘들 때 자연을 찾게 되는 것도
바로 이런 이유에서일지도 모르겠다.

 어쩌면 영원히 이방인

제주에 살면서 종종 이런 질문을 받는다.

"언제까지 제주에 살 거예요?"

이 섬에 산 지 10년이 넘었지만
질문을 들을 때마다 나는 잠시 머무는,
언젠가는 떠나야 할 이방인이 된 기분이 들곤 한다.

제주에서 사귄 한 친구는 제주에서 태어나고 자랐다.
사는 동안 제주를 벗어나 다른 곳에서 살아본 적이 없고,
심지어 배를 타야 하는 우도조차 가보지 않았다고 했다.
그 말에 적잖이 놀란 나를,
그 친구는 오히려 제주의 동서남북을 누비는 사람이라며
신기해했다.

친구에게는 제주의 에메랄드빛 바다도,
언제 보아도 웅장한 한라산도,
집을 둘러싼 돌담과 마당의 귤나무도
태어날 때부터 곁에 있던 너무나 당연한 풍경이어서
별 감흥이 없다고 했다.

곰곰이 생각해 보니, 나 역시
내가 태어나고 자란 지역의 풍경과 사물에서는
별 대단함도, 특별함도 느끼지 못했었다.

그렇다면 나는 평생
이 섬의 이방인으로 살아도 괜찮을 것 같다.
이방인의 눈과 마음으로 바라보는 제주는
여전히 너무나 신비롭고 아름다워서
10년이 지난 지금도 멋진 풍경에 감탄하며 산다.

태어날 때부터 보고 자란 사람에겐 보이지 않는 것들이
이방인의 눈에는 새롭고 특별하게 다가와
더 자세히 들여다보고, 더 알고 싶어진다.

삶은 한 치 앞을 알 수 없으니
언젠가 나도 제주를 떠나야 할 이유가 생길지도 모르겠다.
그래도 지금은 가능하면 오래도록,
어쩌면 남은 평생을 제주에서 살아도 좋겠단 마음이 크다.
앞으로 남은 모든 날을 이곳에서 보내더라도,
제주도의 아름다움에 무뎌지지 않으며 살고 싶다.

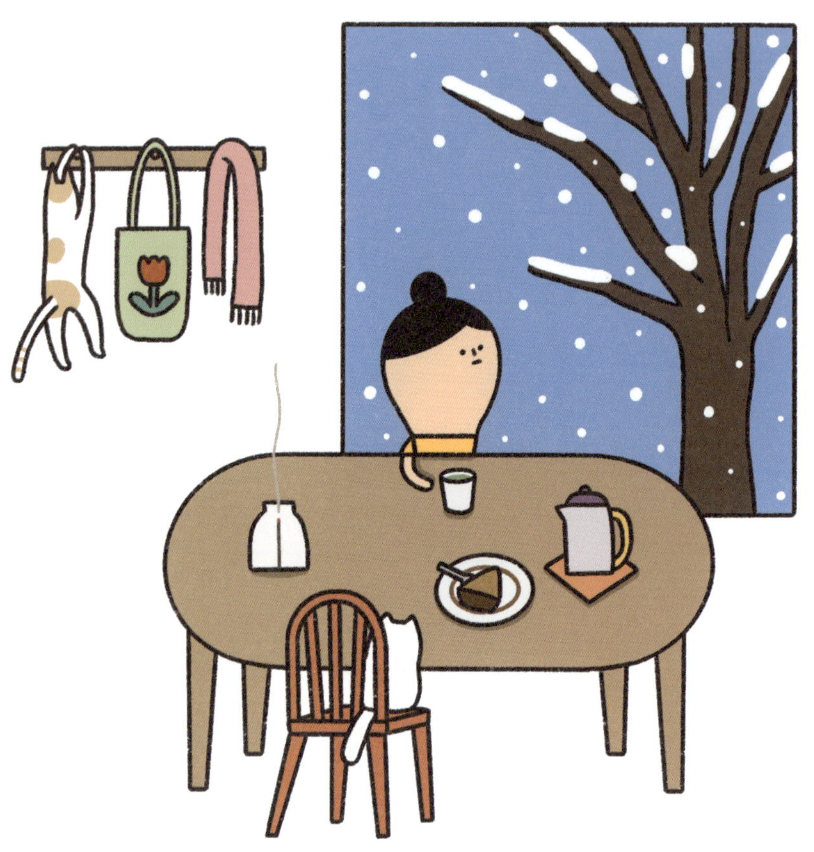

스세권 말고 바다세권

바닷가 마을에는 어둠이 빨리 내려앉는다.
가끔은 밤늦게까지 반짝이는
도시의 불빛이 그리울 때가 있다.
하나 걸러 하나씩 있는
도시의 다양한 프랜차이즈 가게와 쇼핑몰,
그리고 여러 가지로 즐길 수 있는 문화생활들이
부럽게 느껴질 때도 있다.

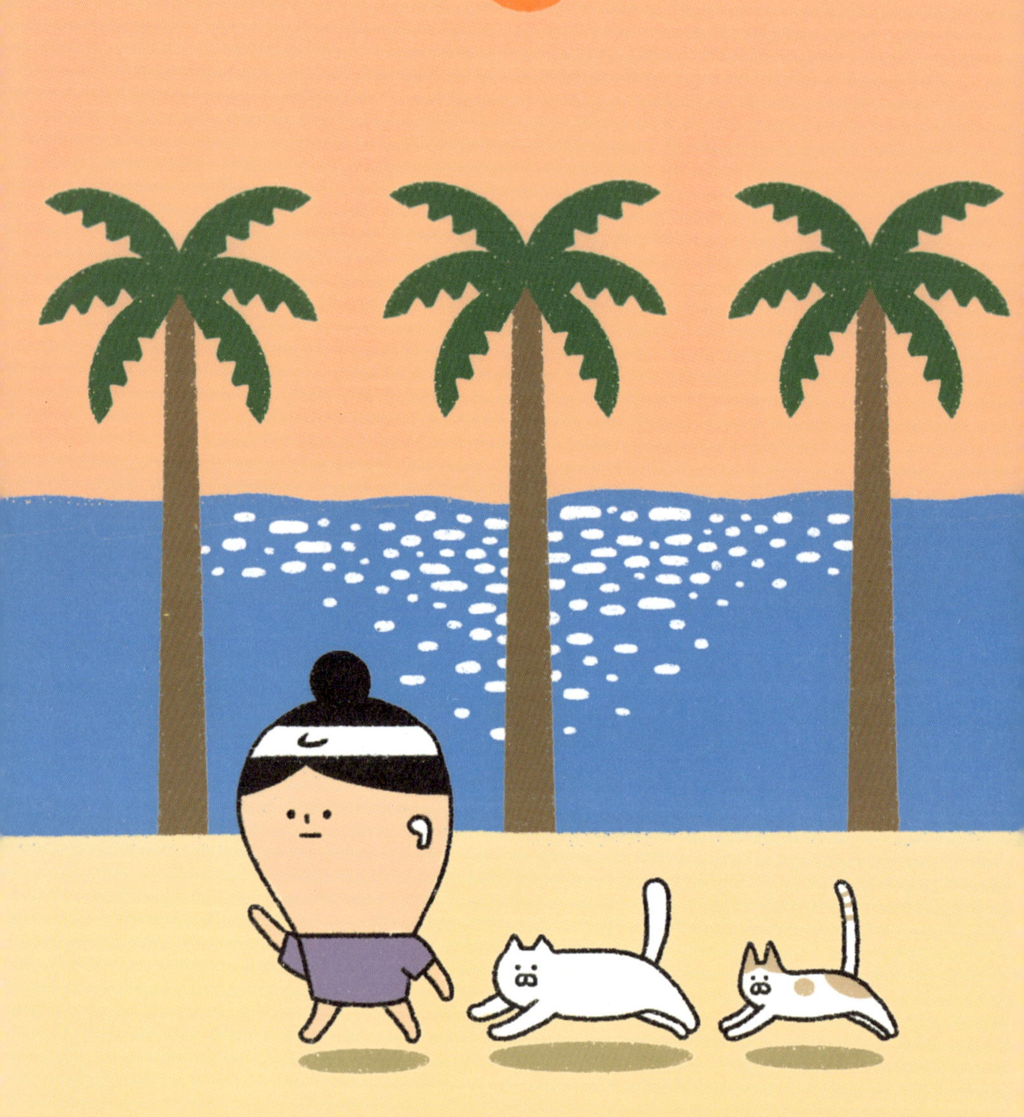

그렇게 도시가 그리워 이따금 육지에 가면,
북적임과 화려함이 좋은 건 하루이틀.
그 이후에는 조용하고 평온한 바닷마을이 그리워져
한시라도 빨리 돌아가고 싶은 마음뿐이다.

이제는 안다.
나의 행복은
두 눈 가득 담을 수 있는 푸른 바다와
시리도록 파란 하늘,
숲길을 거닐며 맡는 짙은 나무 향에서 온다는 것을.

나는 몰세권이나 스세권보다,
나를 행복하게 하는 바다세권에 살고 있다.

좋아하는 곳에서 살고 있습니다

누군가 제주에서의 삶이
육지에서의 삶과 다르냐고 묻는다면
나는 '똑같다'라고 대답한다.

여기도 사람 사는 곳이라고.
일을 해서 돈을 벌고
그 돈으로 의식주를 해결해야 하며,
미래에 대한 불안도 안고 살고
사람과의 관계에서 오는 허무함도 같다고 말이다.

그런데 왜 제주에 사느냐고 묻는다면
나는 일에 치여도
하루를 풀어놓을 수 있는 바다가 몇 걸음 앞에 있고
사람에게 부딪쳐도
감싸안아 주는 숲이 가까이 있기 때문이라고.
내가 좋아하는 곳을
삶의 배경으로 선택한 것이라고 답하고 싶다.

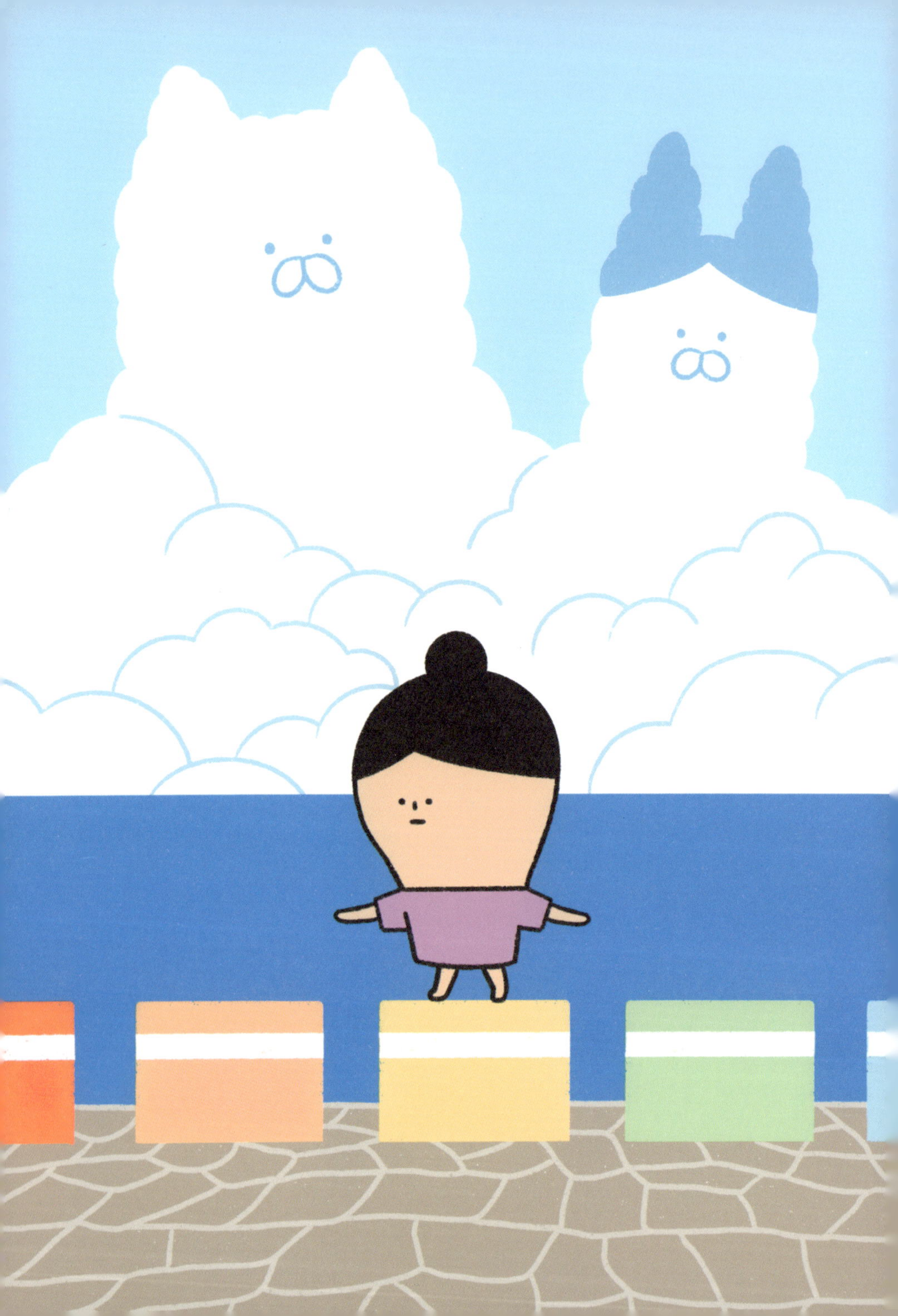

어떤 장소는 그곳에 있는 것만으로
위안이 되기도 한다고 말이다.

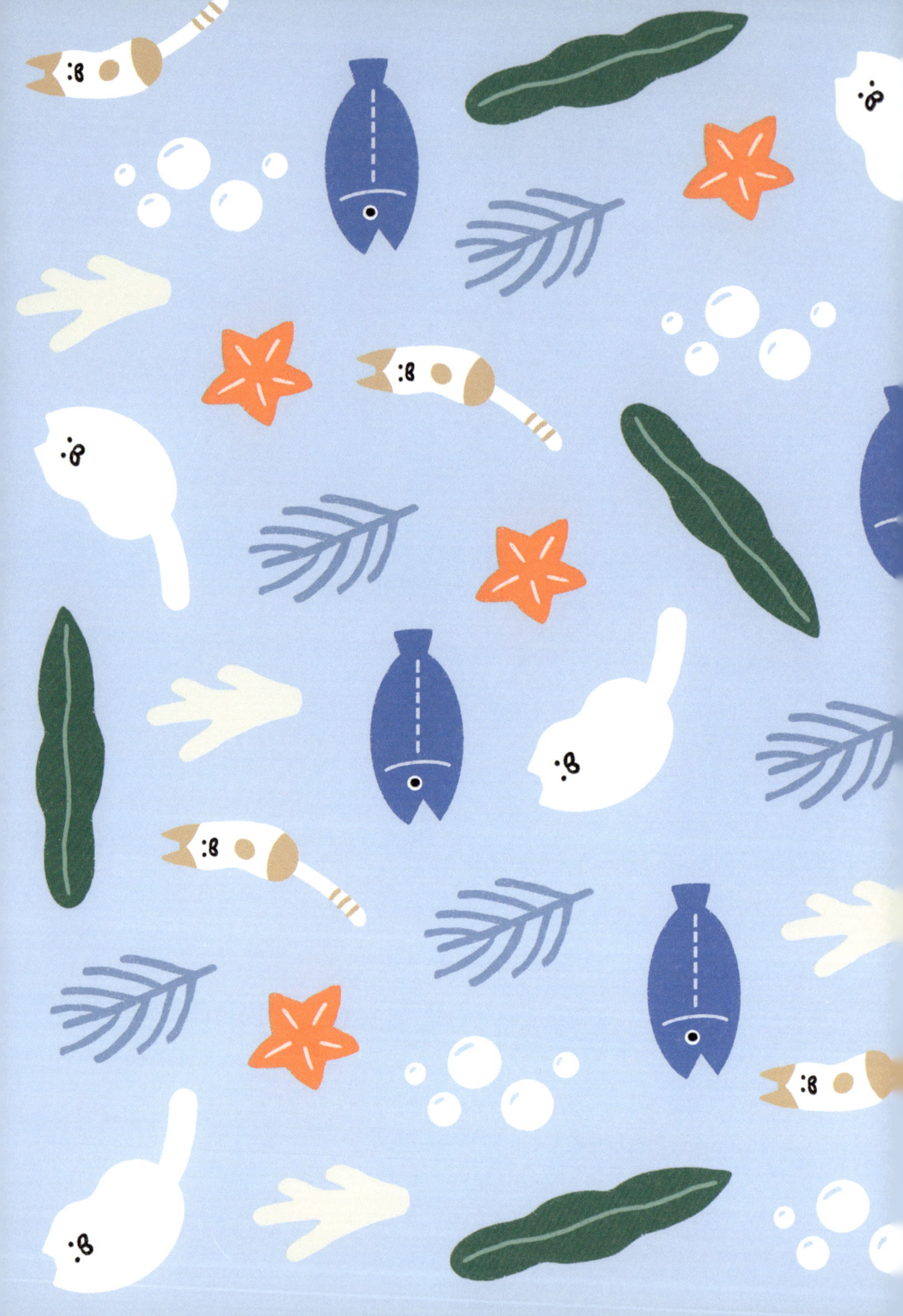

Part 2

나를 움직이게 하는
너희들과
오늘을 살아볼래

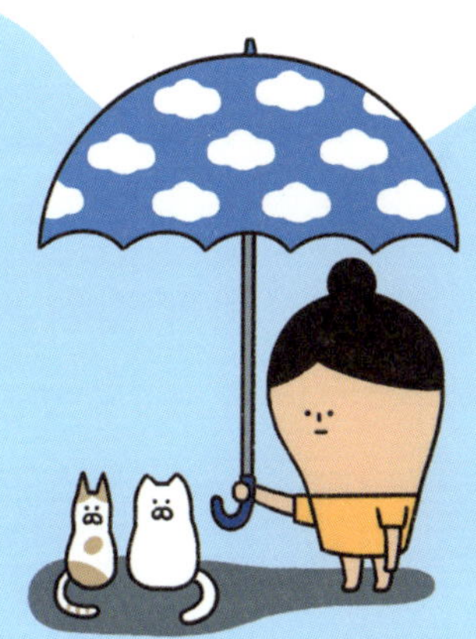

이름을 지어 부른다는 건

유독 장마가 길었던 제주의 어느 여름이었다.
마치 어항 속에 갇힌 듯 습한 날씨가 이어지면서
마음마저 눅눅해지는 기분에
잠시 비가 그친 틈을 타 동네 산책에 나섰다.

어째서인지 평소 가지 않던 길을 걷고 있었는데
발 앞에 작고 볼품없이 마른
새끼 고양이 한 마리가 나타나
눈을 마주치더니 내 발걸음에 맞춰
졸졸 따라오기 시작했다.

겁 없이 낯선 사람을 따르는 고양이는 처음이라
작고 마른 몸이 안쓰러워 밥과 깨끗한 물을 먹일까 하는 마음에,
그길로 산책을 포기하고 집으로 발길을 돌렸다.

그때까지만 해도 이 아이와 같이 살 생각은 전혀 하지 않았다.
집에는 이미 10년 가까이 키운 고양이 '이소'가 있었고
그동안 보아온 이소는 다른 고양이를
받아들일 성격이 아니었기 때문에
이소가 스트레스받는 일을 만들고 싶지 않았다.

게다가 집에 생명을 들인다는 건
앞으로 평생의 삶을 책임을 지겠다는 뜻이니,
더욱더 쉽게 결정할 수 없는 일이었다.

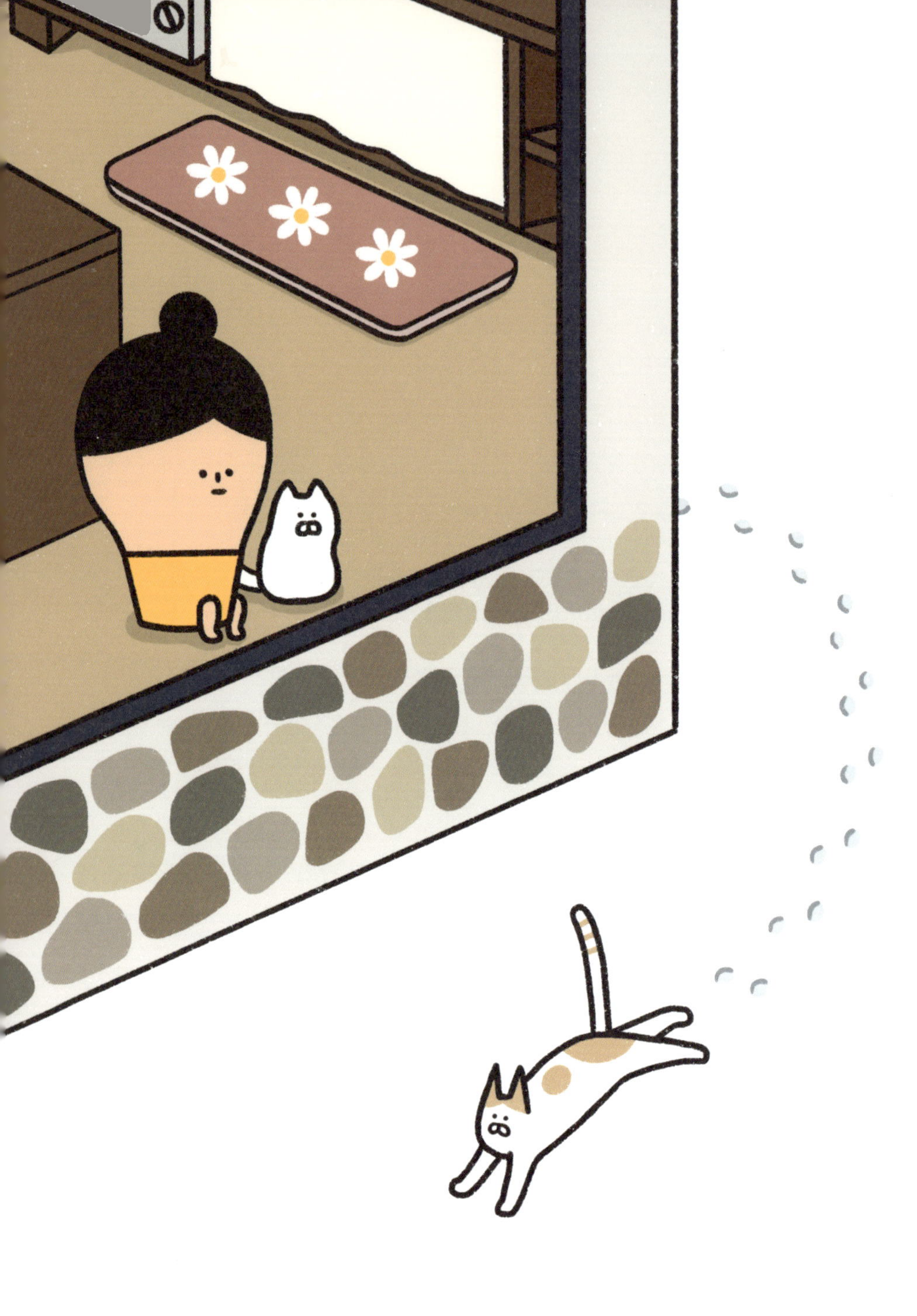

일단 배라도 채워 주고 싶어서
밥을 배불리 먹이고 보내려고 했는데
그 사이 잠깐 멈췄던 비가 다시 내리기 시작했다.

차가운 빗속으로 내보낼 수는 없어서
'비만 그치면 보내자'고 했지만,
비는 그 후로 며칠을 더 내렸다.

그렇게 함께한 시간 동안 정이 들어버렸고
비와 함께 온 고양이는
'이랑이'라는 이름으로 우리 식구가 되었다.

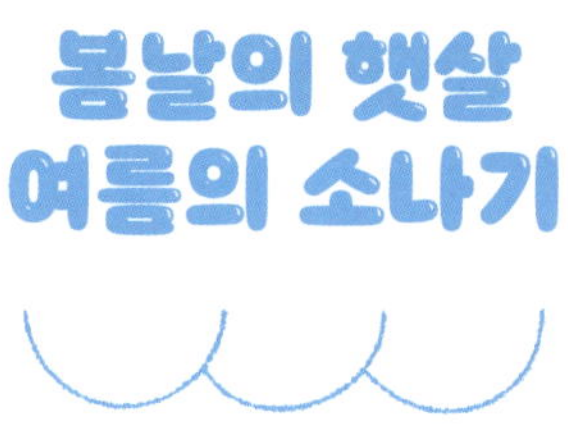

이소는 나의 첫 고양이다.
같이 산 지 10년이 넘었지만
그동안 말썽 한 번, 잔병치레 한번 없었던
조용하고 따뜻한 봄날의 햇살 같은 고양이다.

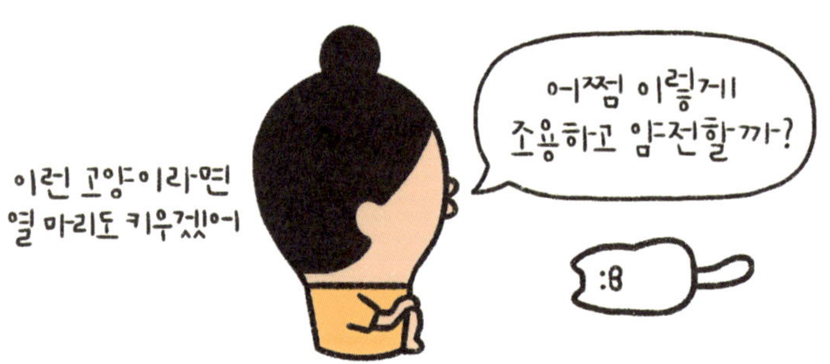

나의 이런 교만한 마음을
하늘에서 누군가 들었던 걸까?

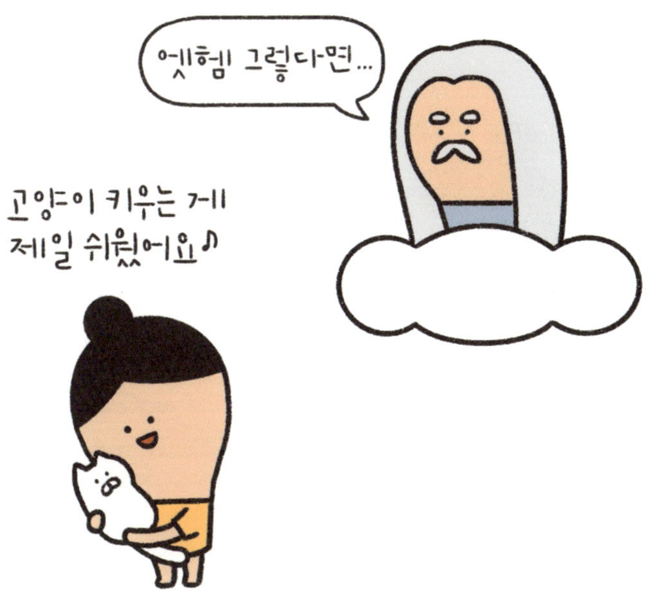

엣헴! 그렇다면...
고양이 키우는 게
제일 쉬웠어요♪

여름의 요란한 소나기 같은
말 많은 사고뭉치 장난꾸러기
고양이를 보내주셨다.

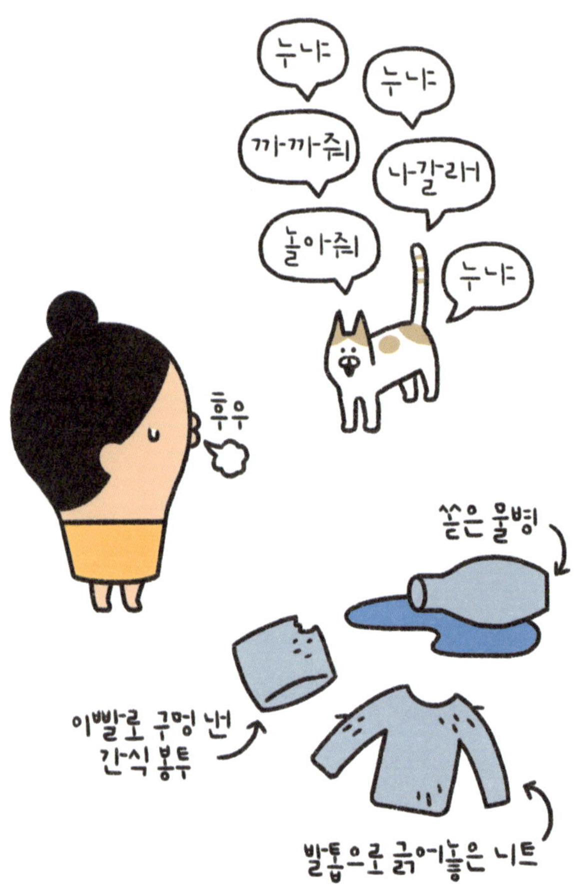

참을 수 없는
존재의 귀여움

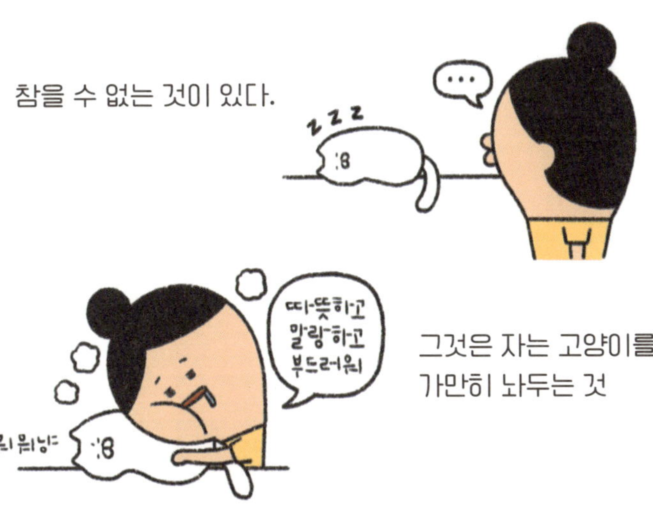

참을 수 없는 것이 있다.

그것은 자는 고양이를
가만히 놔두는 것

물론 고양이도 참지 않지!

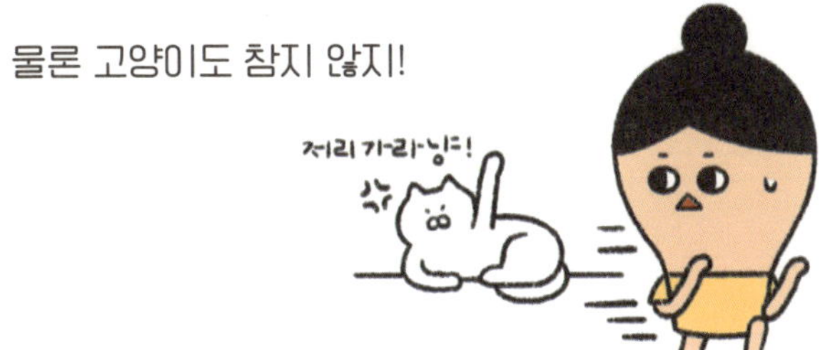

선물은 거절한다

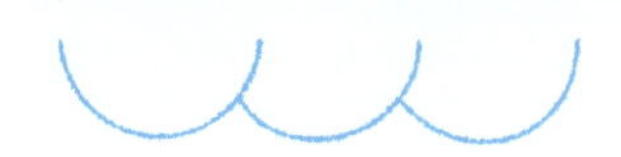

이랑이가 창문 앞에서
평소보다 빠르고 크게 울 때가 있다.

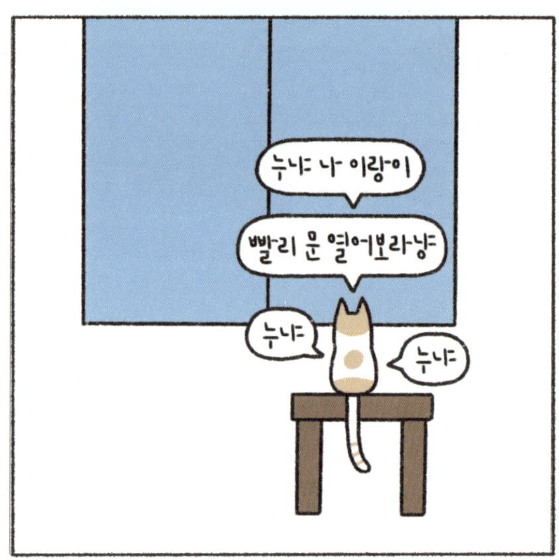

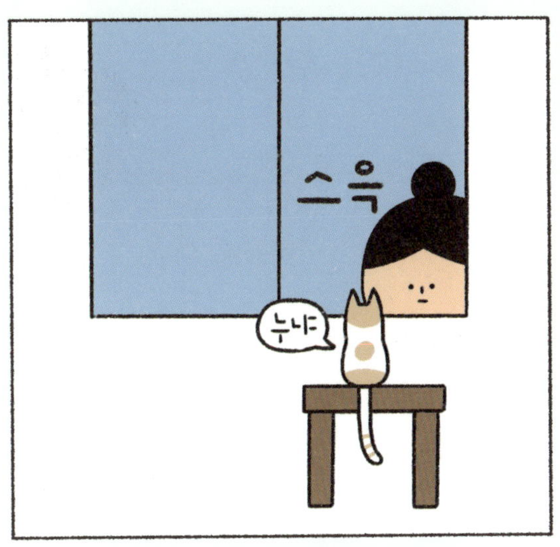

스윽
누나

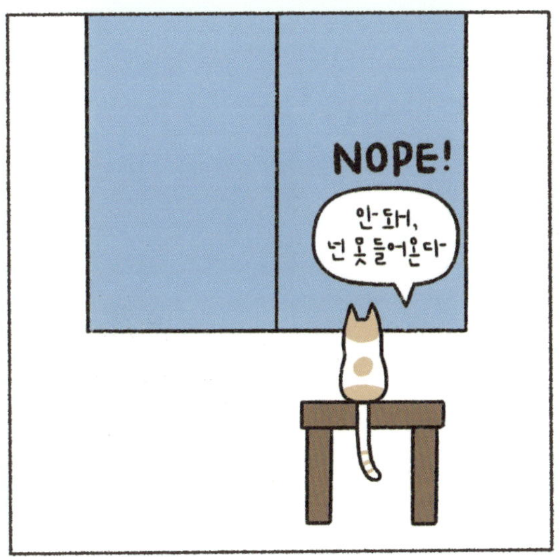

NOPE!
안-돼,
넌 못 들어온다

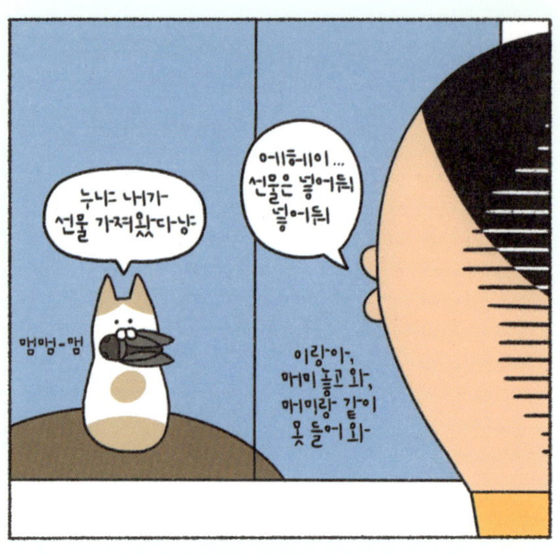

전에 이랑이가 들어오겠다고 해서
노룩(No look)으로 창문을 열어줬다가

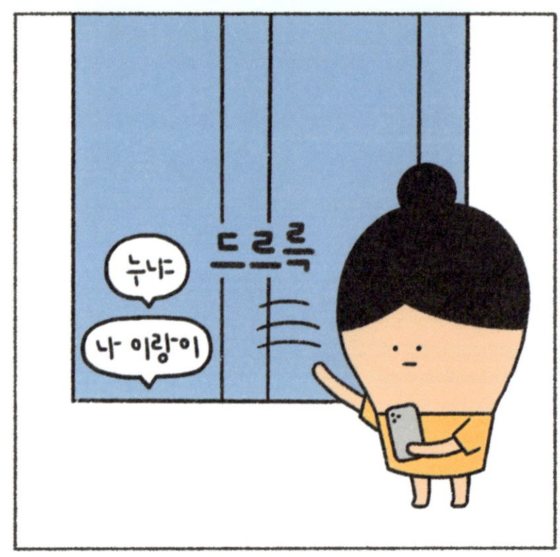

아주 큰 이벤트가 발생했던 적이 있어서
이제는 집에 들어오기 전
검문 후 문을 열어 주고 있다.

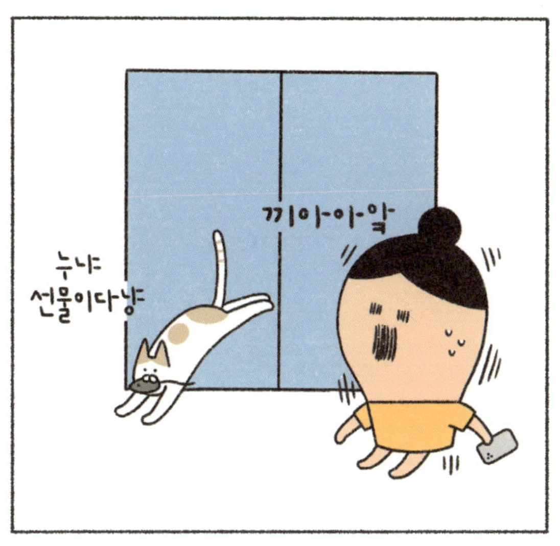

끼이-이-악-
누나
선물이다냥

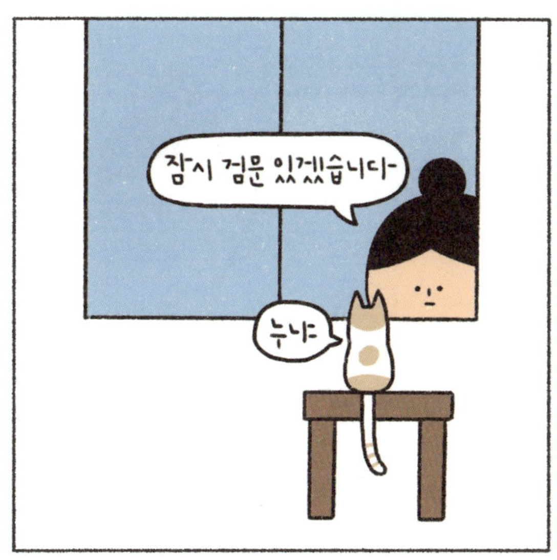

잠시 검문 있겠습니다-
누나

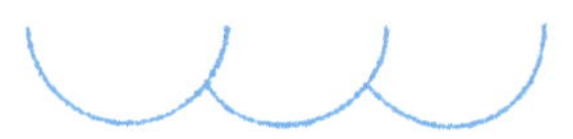

비밀의 방이 열렸다

평소 닫아두는 방문을 잠시 열어 두면

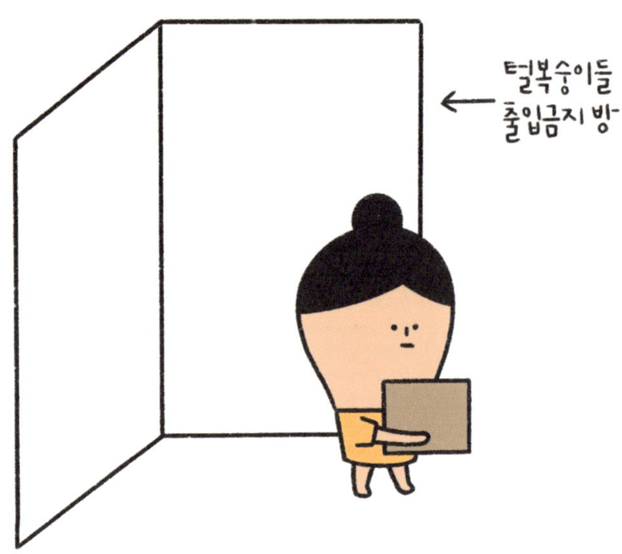

고양이들이 들어가 어느새 방을 차지하고 있다.

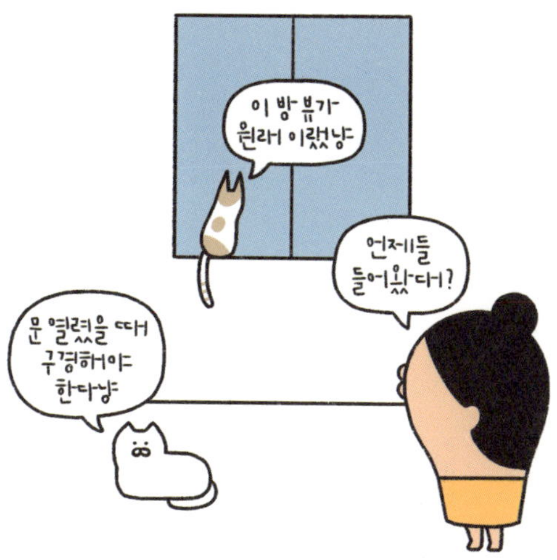

닫아두는 방문이 열리면
고양이들에게는 이렇게 느껴지는 걸까?

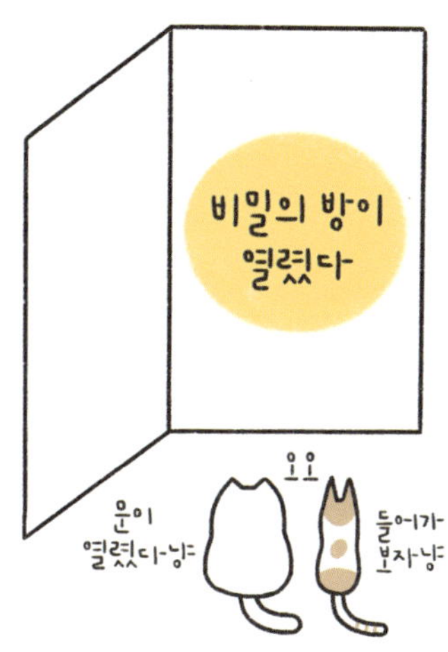

금세 쫓겨나지만 말이다.

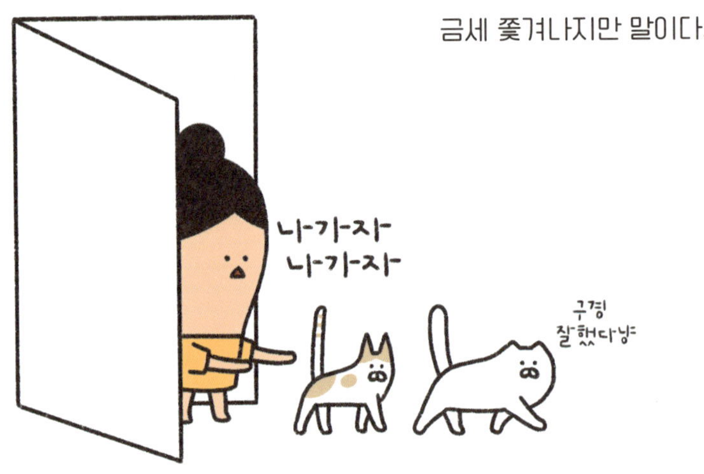

우리 집 말썽 담당

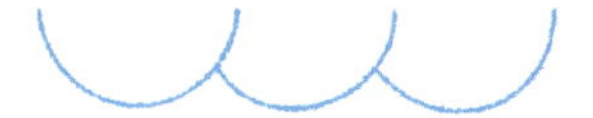

이랑이가 지붕 위에서
노는 소리가 들려서

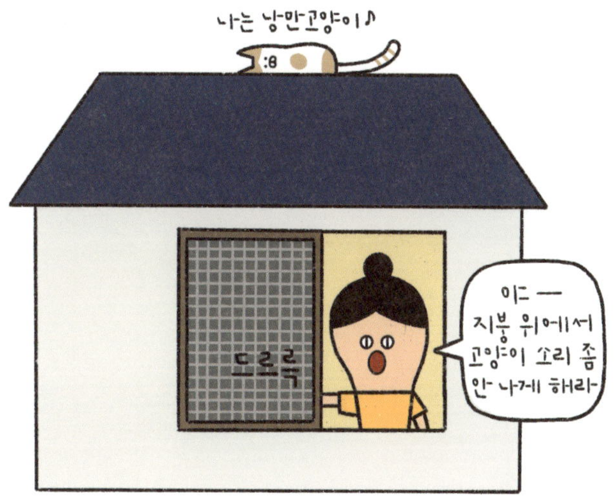

내려오라고 불렀더니

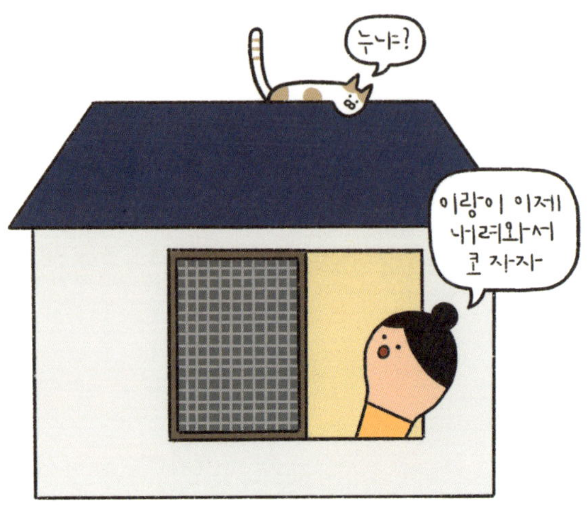

지붕 위에서 뛰어내려
방충망 위로 떨어진 이랑이

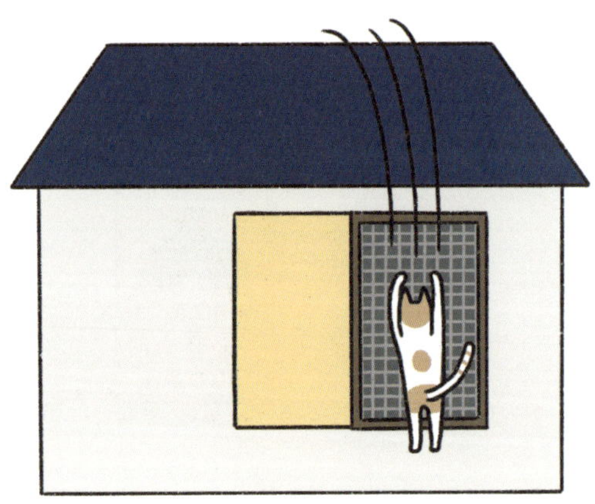

그리고 그 모습을
안에서 목격한 나.

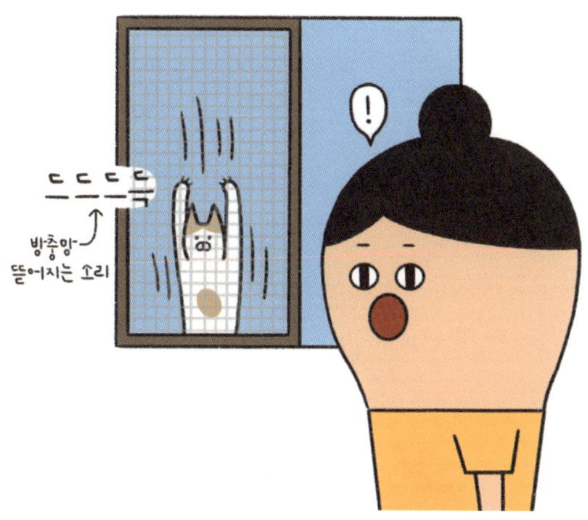

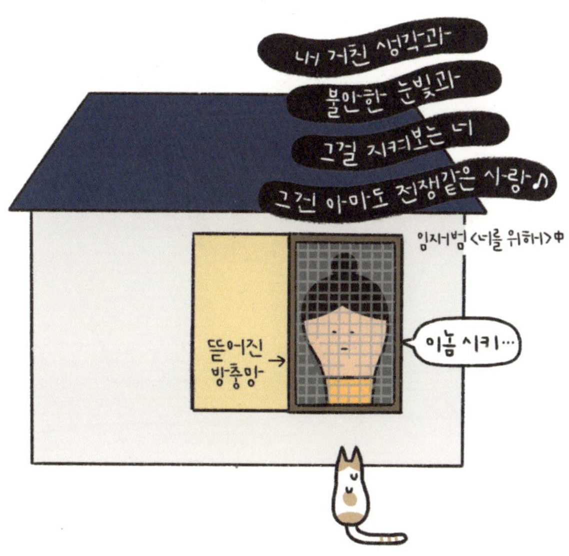

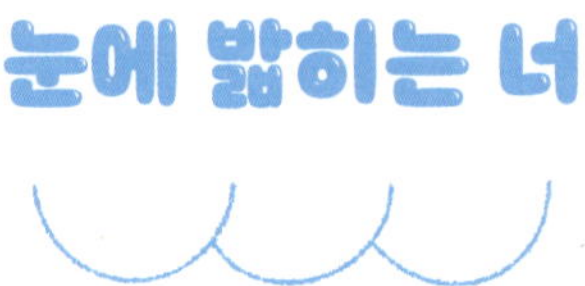

눈에 밟히는 너

외출이 길어지면
집에 있는 고양이들이 눈에 밟혀서

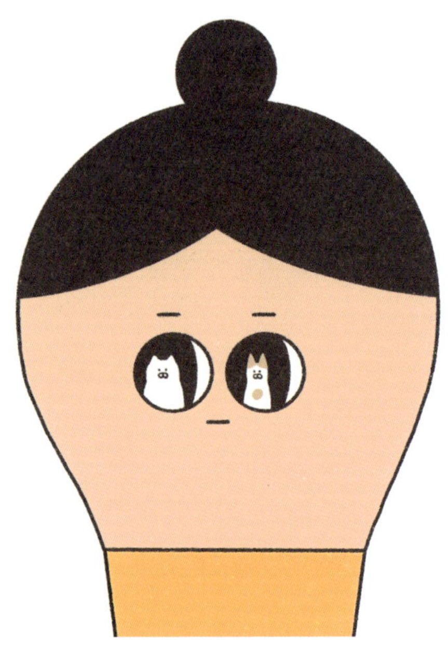

집으로 향하는 발걸음이 빨라진다.

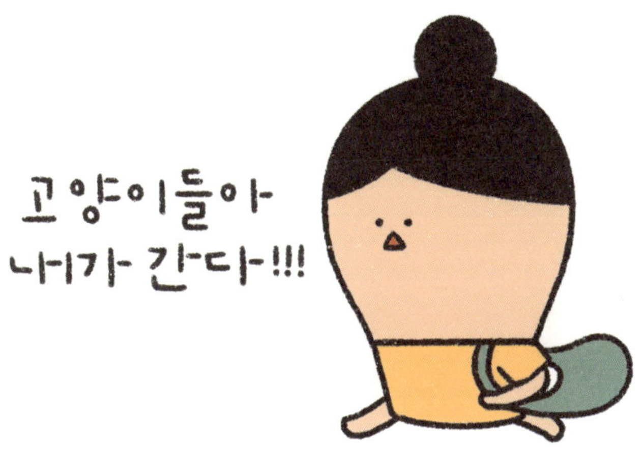

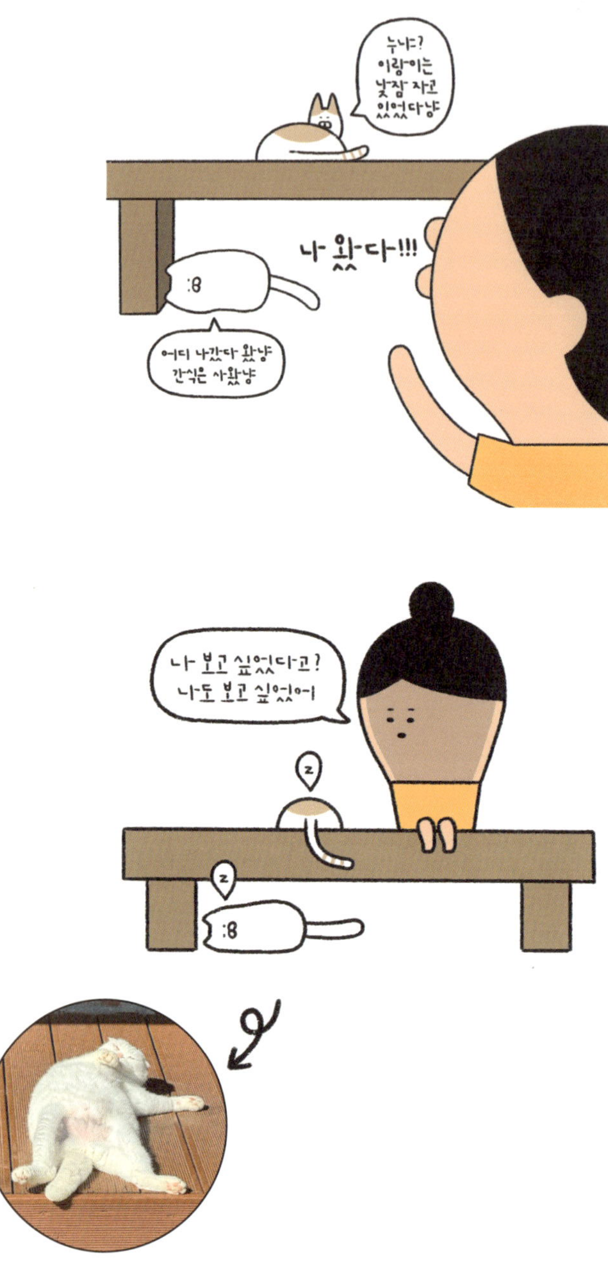

누나?
이랑이는
낮잠 자고
있었다냥
나왔다!!!
어디 나갔다 왔냥
간식은 사왔냥
나 보고 싶었다고?
나도 보고 싶었어!

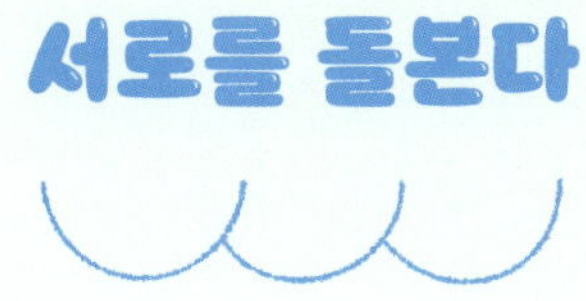

서로를 돌본다

내게 의지하고

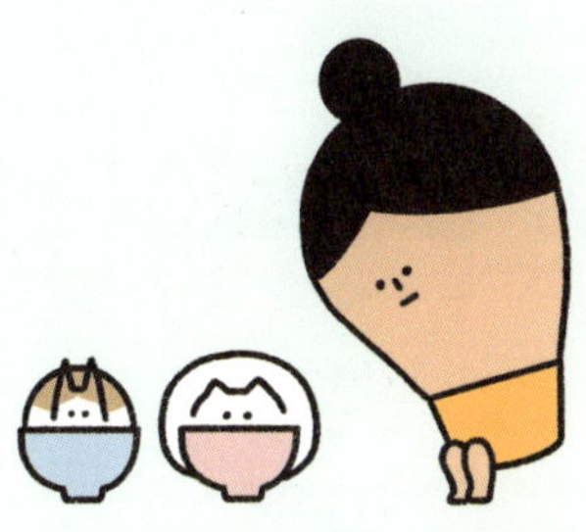

나도 의지한다.

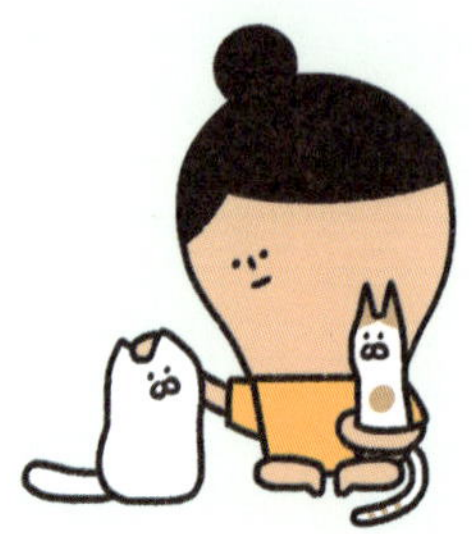

우리는 서로를 돌본다.

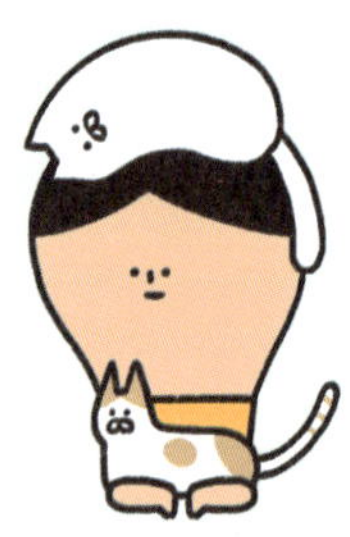

언제나 지켜보고 있다

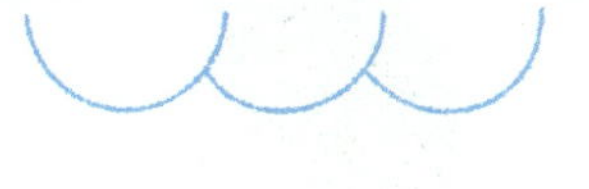

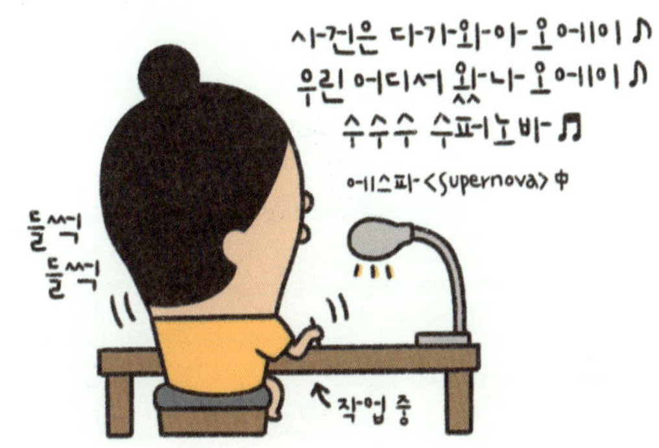

사-건은 다가와-아-오어에이 ♪
우린 어디서 왔나-오어에이 ♪
수수수 수퍼노바- ♬
에스파-〈Supernova〉中
들썩
들썩
작업 중

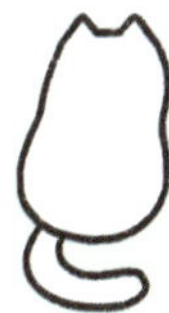

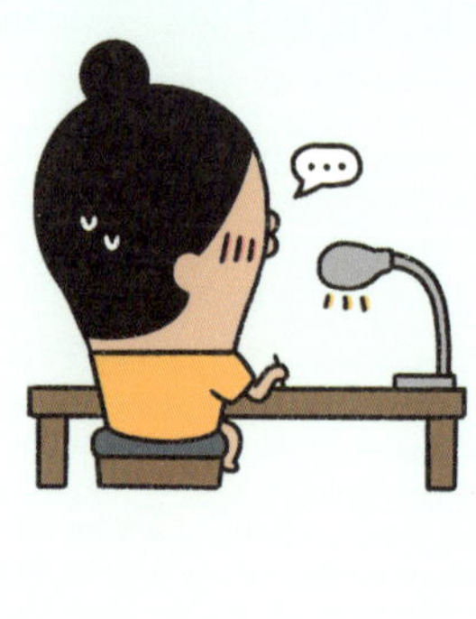

...

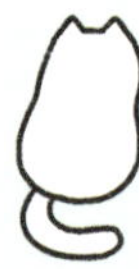

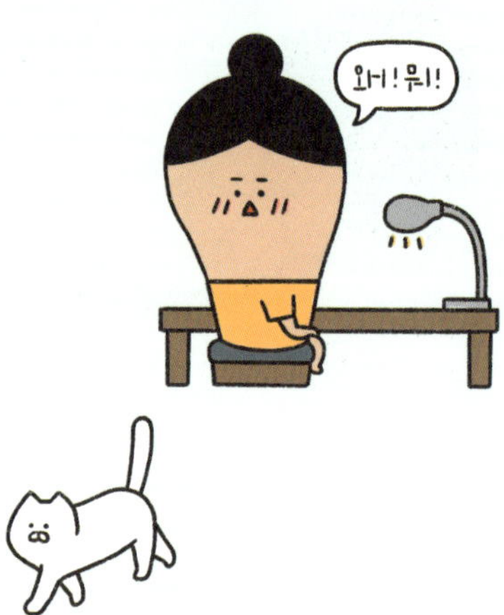

와! 뭐!

덥지도 않니

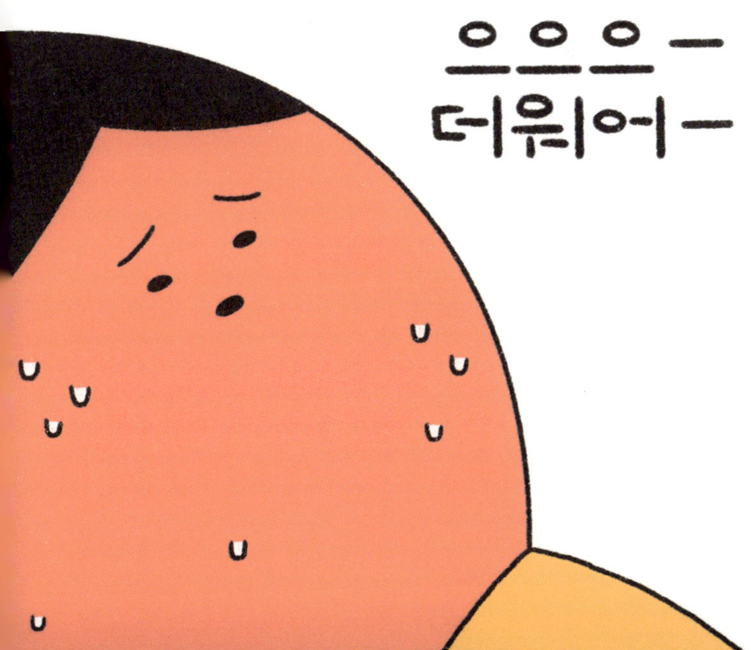
으으으_
더워어_

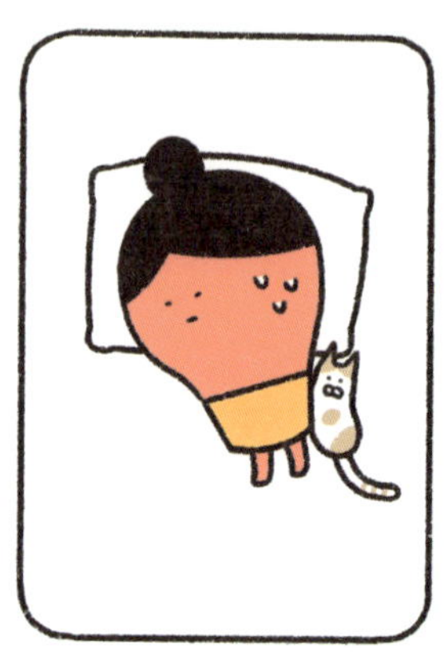

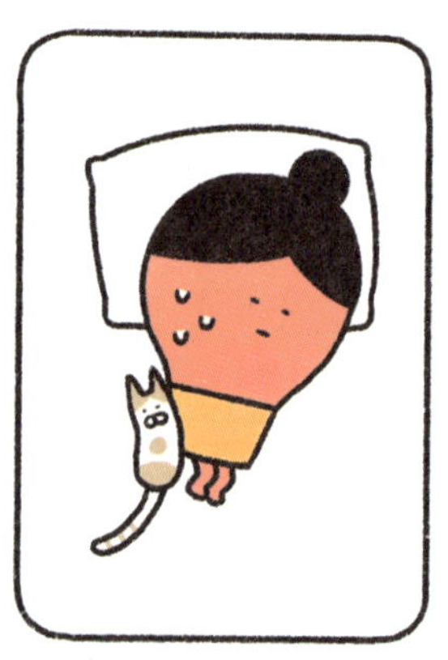

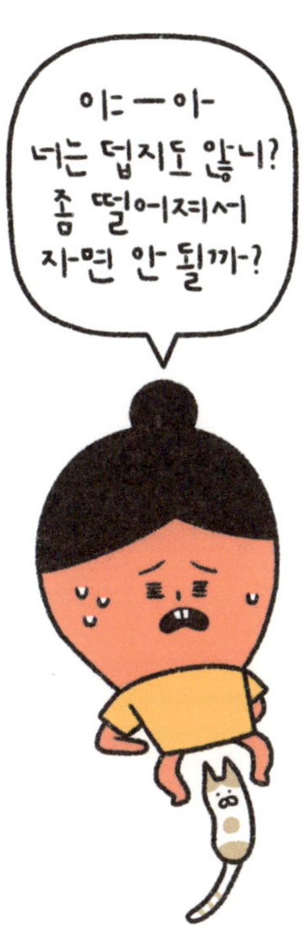
으ㅡ아ㅡ
너는 덥지도 않니?
좀 떨어져서
자면 안 될까ㅡ?

이랑이 코의 비밀

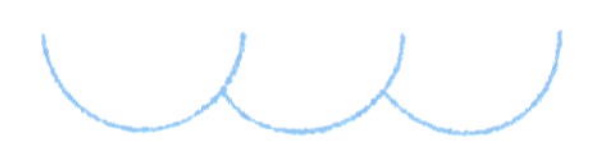

이랑이를 처음 집에 데려왔을 때
이랑이 코에 무언가 있었다.

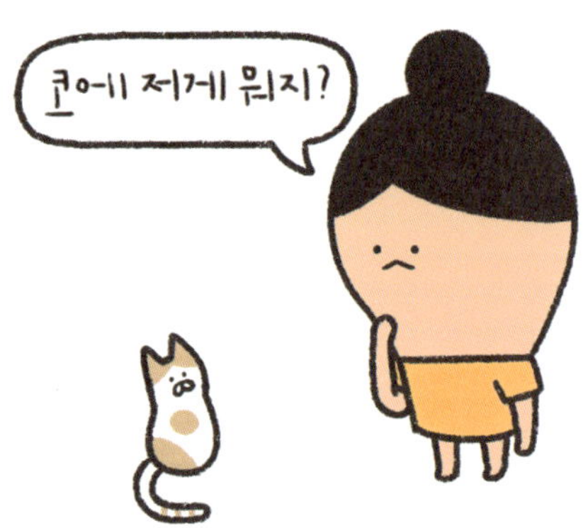

병원에 예방 접종을 받으러 간 김에
수의사 선생님께 여쭤보았다.

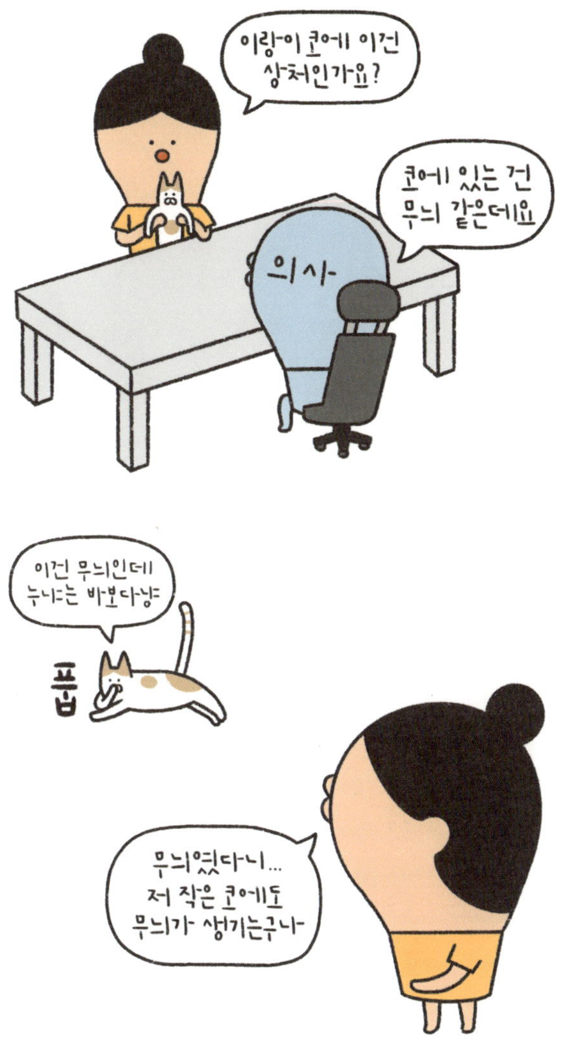

이랑이 코에 이건
상처인가요?
코에 있는 건
무늬 같은데요
의사
이건 무늬인데
누나는 바보다냥
풉
무늬였다니...
저 작은 코에도
무늬가 생기는구나

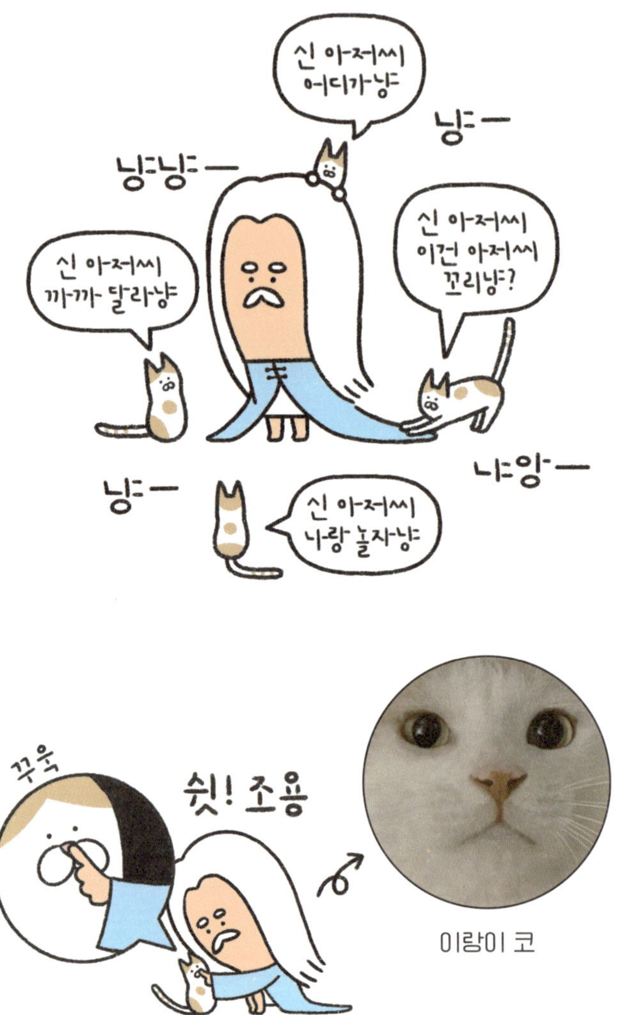

이랑이 코

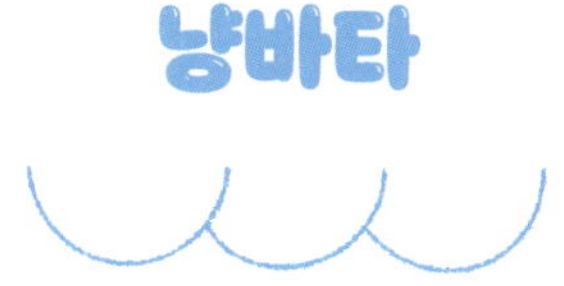

하루 종일 고양이가 시키는 일 하느라 바쁘다 바빠!

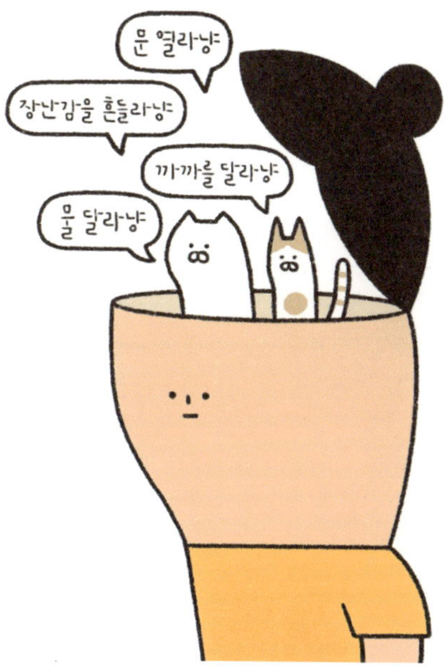

가끔은 네 머릿속이 궁금해

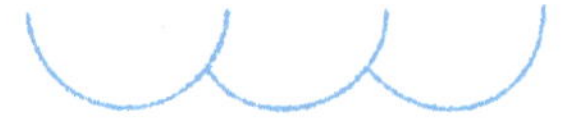

이랑이가 앉아 있는 뒷모습을
가만히 보고 있으면
'저 작은 머리로 무슨 생각을 하며 살까?'
하는 궁금증이 생긴다.

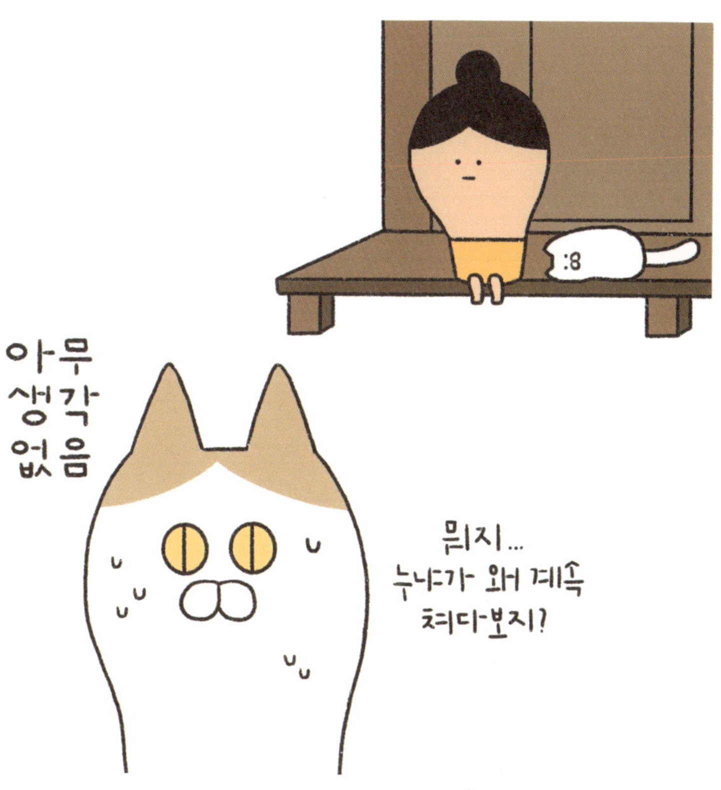
아무
생각
없음
뭔지...
누나가 왜 계속
쳐다보지?

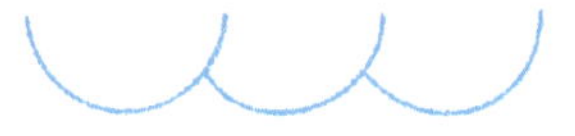

난 깨어나, 까만 밤과 함께

여름이 오면 이랑이는
낮과 밤이 바뀐 생활을 한다.
낮에는 자고, 밤에는 깨어 있다.

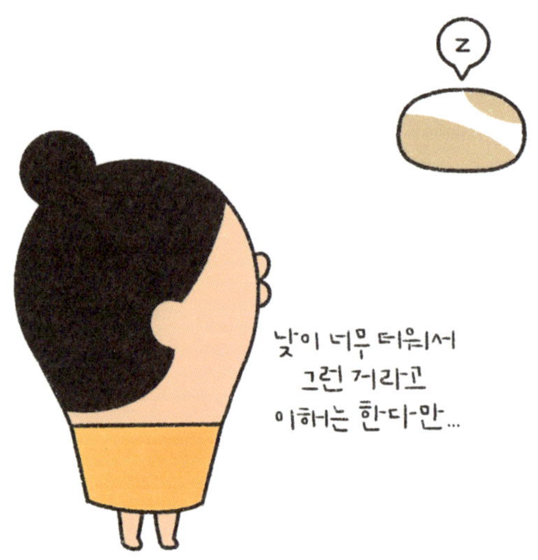

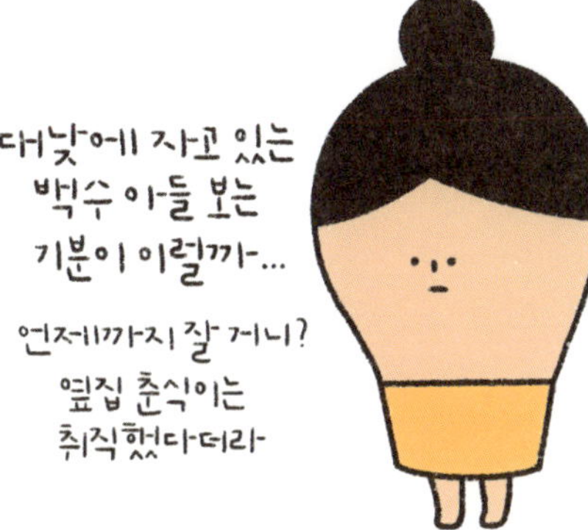

낮 1시
대낮에 자고 있는
백수 아들 보는
기분이 이럴까...
언제까지 잘 거니?
옆집 춘식이는
취직했다더라

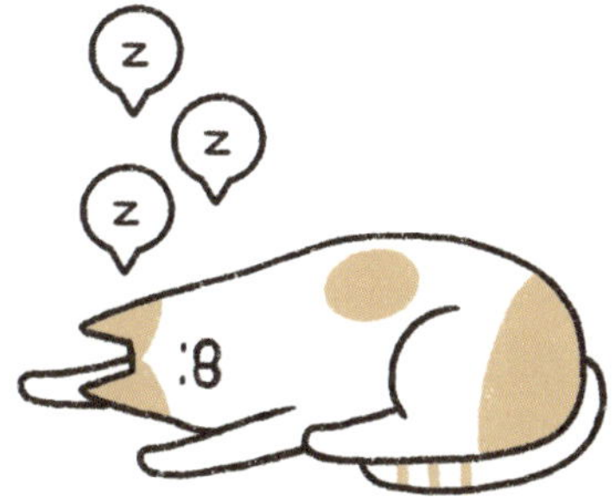

Z
Z
Z

밤 9시

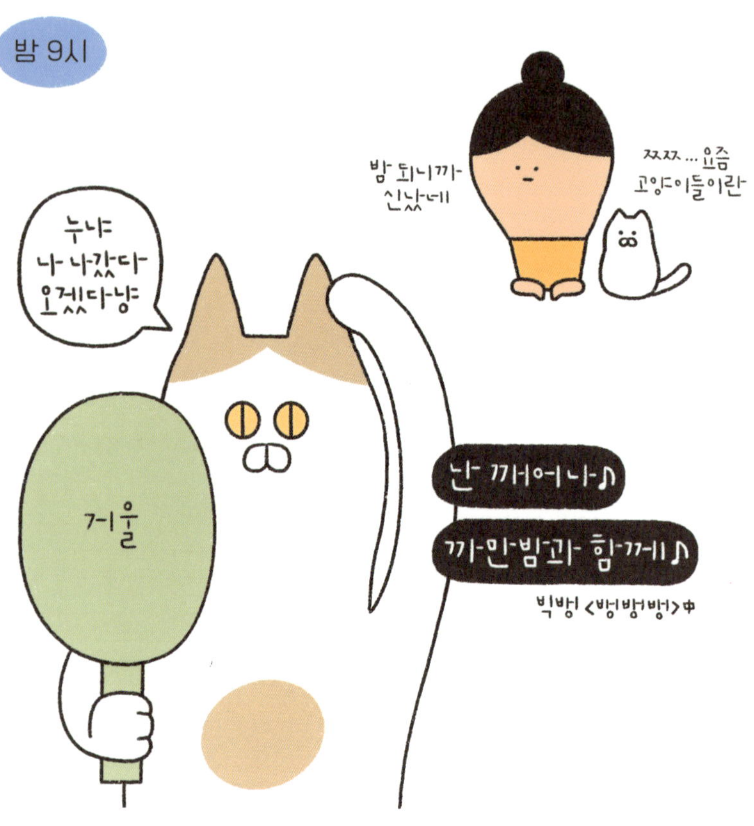
누나
나 나갔다
오겠다냥

밤 되니까
신났네

쯔쯔쯔...요즘
고양이들이란

난 꺼어나♪

끼-만밤과- 함께♪

빅뱅 〈뱅뱅뱅〉中

겨울

어떻게 알았지?

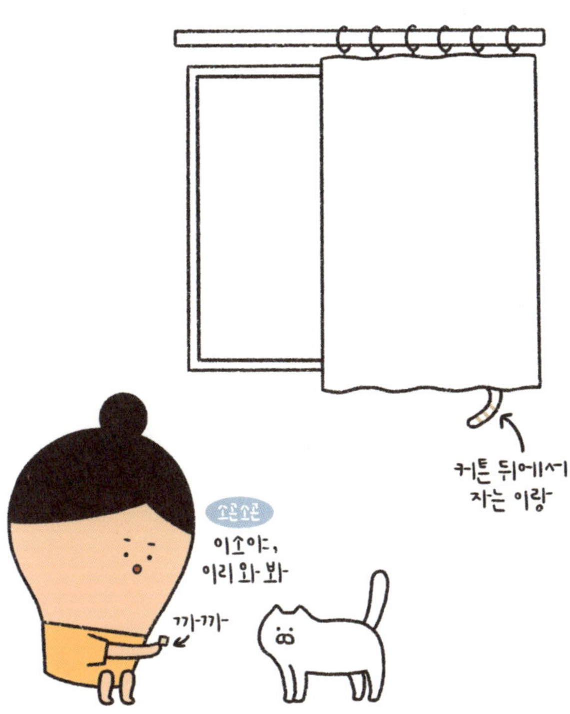

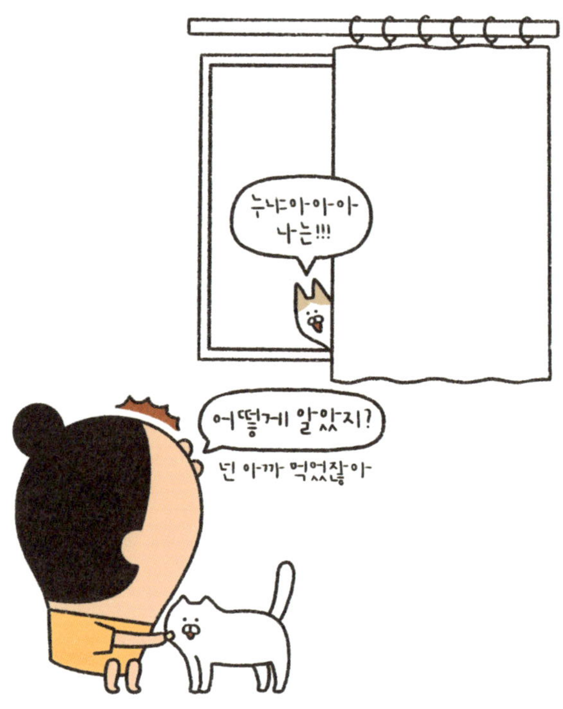
누냐아아아
나는!!!
어떻게 알았지?
넌 아까 먹었잖아

어지르는 고양이 따로
치우는 사람 따로

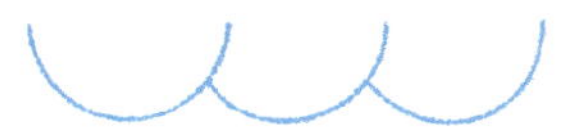

마당 입구에서부터 떨어져 있는 장난감을
하나씩 주우면서 따라가 보면

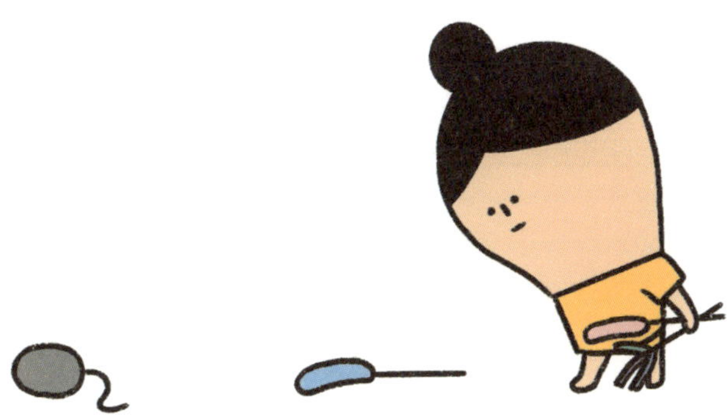

범인이 나온다.

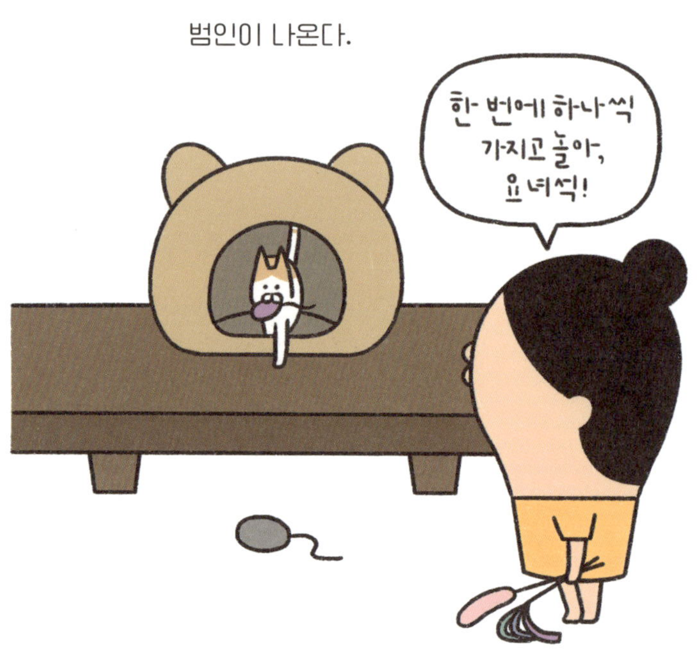

당신을 고독에서 꺼내 주는 건
무엇인가요?

딱히 무슨 일이 있었던 것도 아닌데
그저 어제와 같이 아침에 눈을 떴을 뿐인데
어쩐지 기분이 먹구름 잔뜩 낀 하늘처럼 껌껌한 날이 있다.

가슴에 구멍 하나 난 듯 한숨이 나고 먹먹해
아무것도 하고 싶지 않다.
모든 것이 부질없게 느껴지는 날,
침대에 누워 텅 빈 눈으로 핸드폰만 한참을 보고 있는데
이소가 밖에 나가겠다며 문을 두드린다.

세상 모든 게 귀찮아도
저 하얀 작은 발로 문을 두드리는 소리는 외면할 수가 없어서
물먹은 솜처럼 무거운 몸을 일으켜 문을 열어 주고
다시 침대에 눕는다.

누운 지 몇 분이나 지났을까….
옆에서 자고 있던 이랑이가 깨서
밥을 달라고 밥그릇 옆에서 울기 시작한다.
(이랑이는 밥그릇에 밥이 있어도 새로 덜어 준 밥을 먹고 싶어 한다.)

그 울음소리를 외면하기에는 내가 너무 모진 것 같아
다시 몸을 일으켜 새 밥을 밥그릇에 덜어 주고
침대로 돌아오면
이번에는 마실 나갔던 이소가 들어오겠다며
밖에서 문을 두드린다.

문을 열어 주고 돌아서면 또 이랑이가 나가겠다며 울고,
이소는 새 물을 떠 달라고 물그릇 옆에 앉아
시위하듯 나를 노려보고 있다.

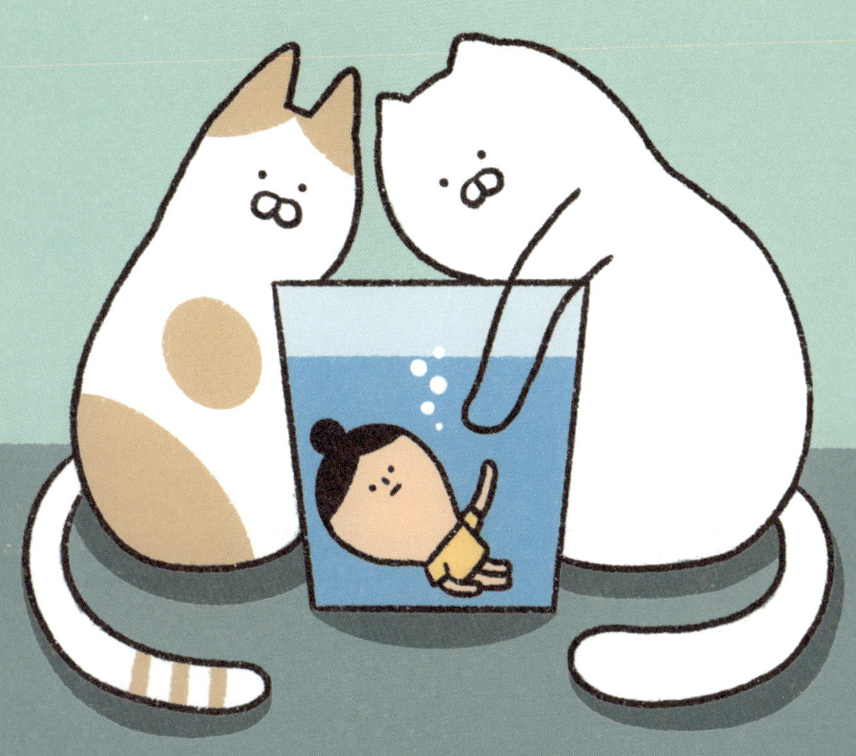

이렇게 고양이들의 요구사항을 들어주며
몇 번 몸을 일으키다 보면
먹구름 같던 기분과 먹먹하던 마음이
언제 그랬냐는 듯 사라진다.

고양이들은 우울과 고독에 빠져
허우적거릴 공백을 주지 않는다.

당신을 고독에서 꺼내 주는 건 무엇인가요?

고양이에게는 채찍보다 당근

박에서 고양이 친구들을 만나면
고삐 풀린 망아지가 되어 친구들을 따라
뛰어다니느라 불러도 오지 않는 이랑이

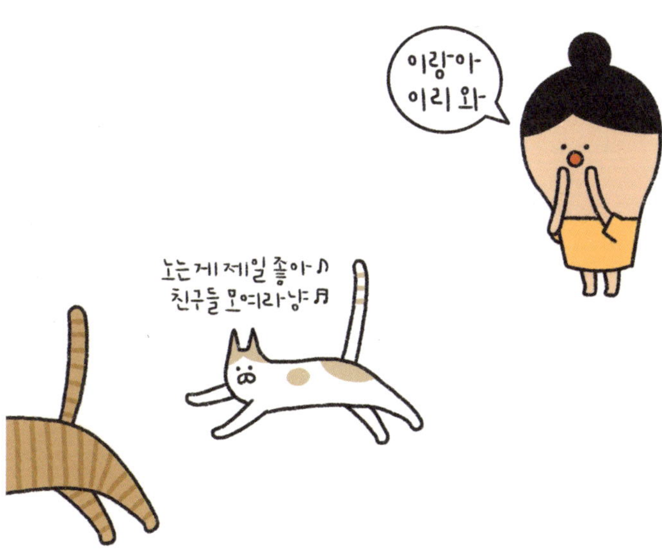

이럴 때 조급한 마음에 이랑이를 큰 소리로 부르면

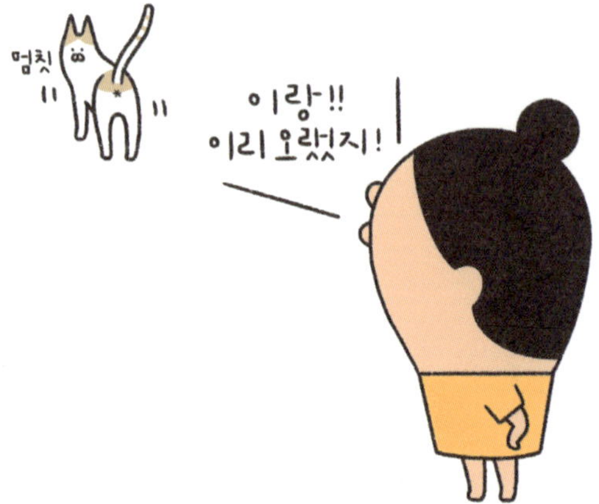

더 멀리 달아난다.

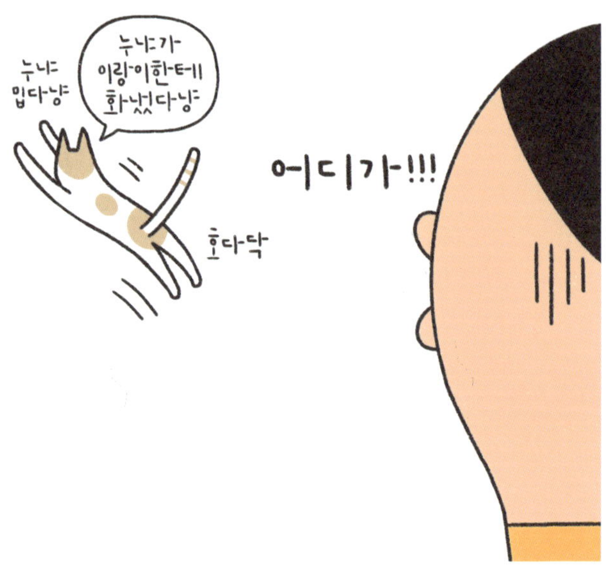

최대한 높은 톤으로 상냥하게
까까로 살살 꾀어서

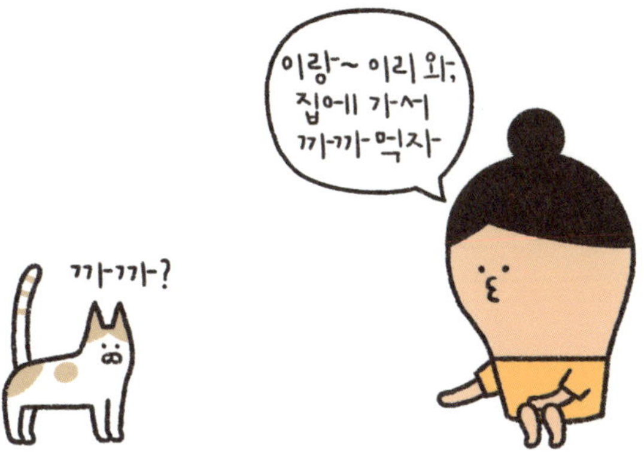

집으로 데려가야 한다.

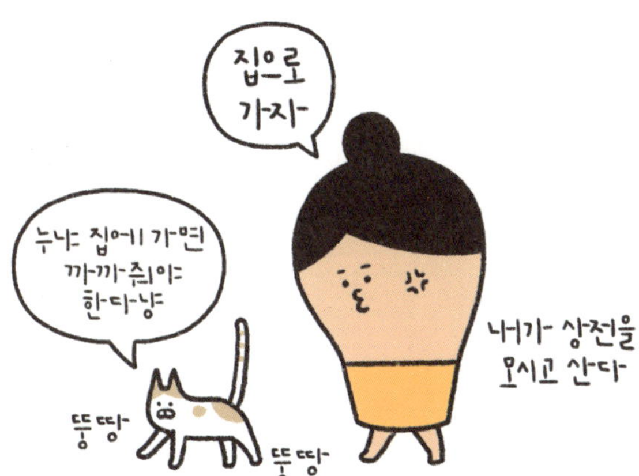

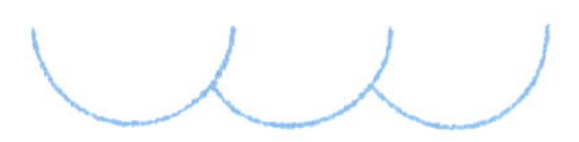

친구가 집에 놀러 와서
대화를 나누고 있는데

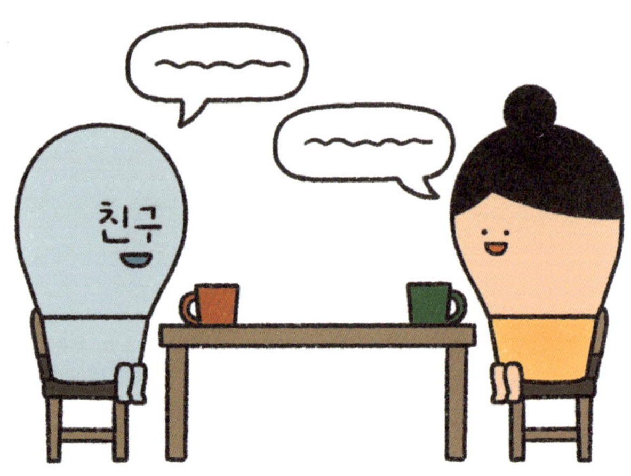

밖에서 들려오는 귀에 꽂히는 소리

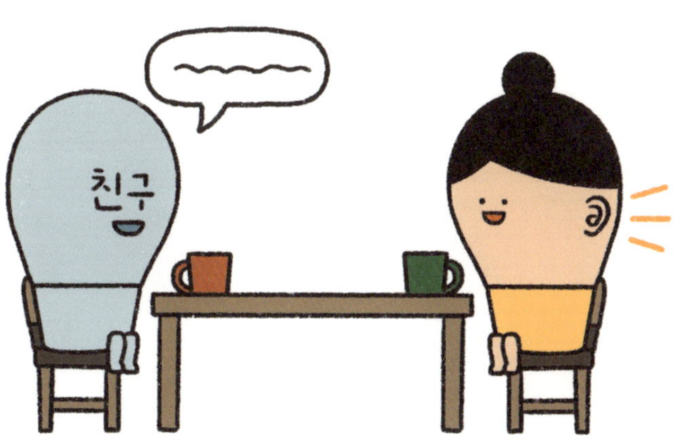

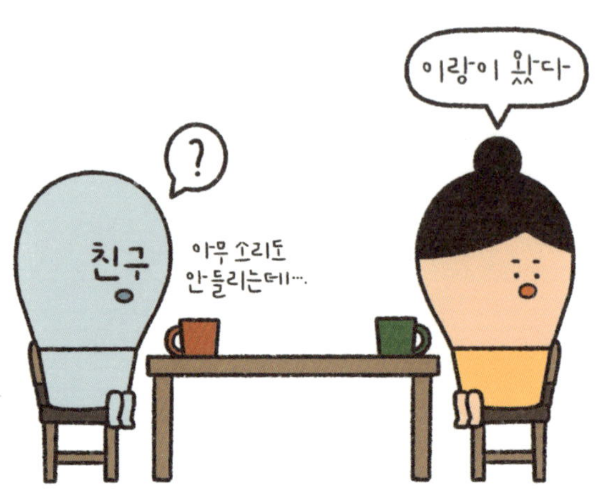

이랑이 왔다~
?
친구
아무 소리도
안 들리는데….

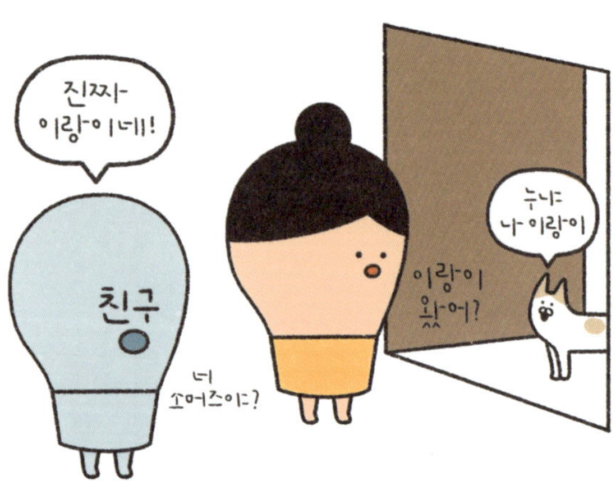

진짜~
이랑이네!!
누나
나 이랑이
친구
이랑이
있어?
너
소머즈야?

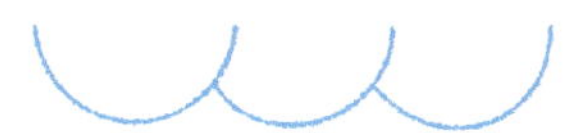# 범인은 둘 중 하나

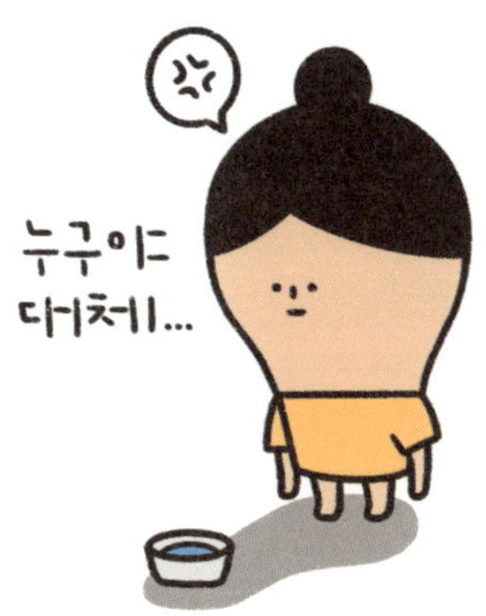

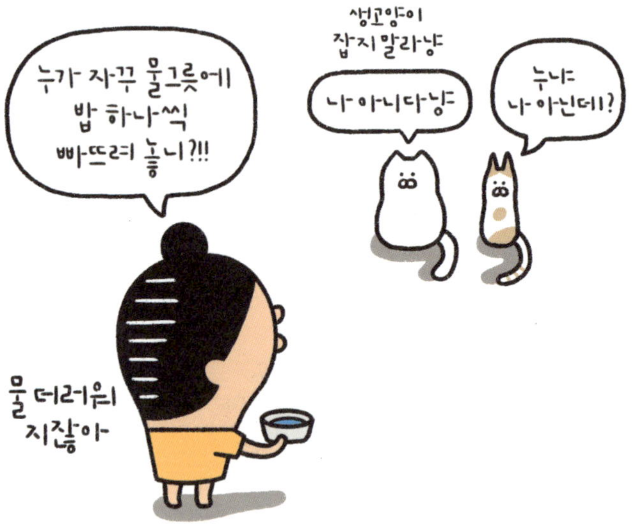

누가 자꾸 물그릇에 밥 하나씩 빠뜨려 놓니?!!
샹고양이 잡지 말라냥
나 아니다냥
누나 나 아닌데!?
물 더러워 지잖아

관상용 고양이와 터치용 고양이

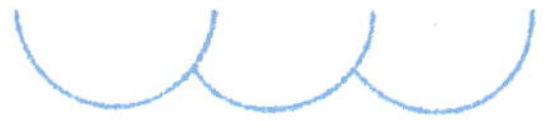

누워 있는 이소에게 다가가
손을 뻗어 만지려고 하면

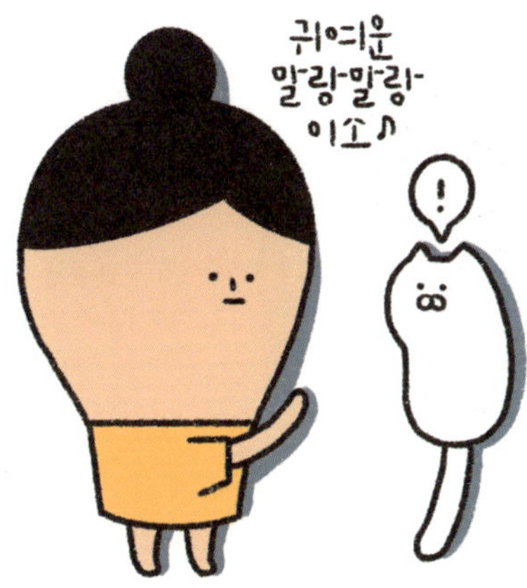

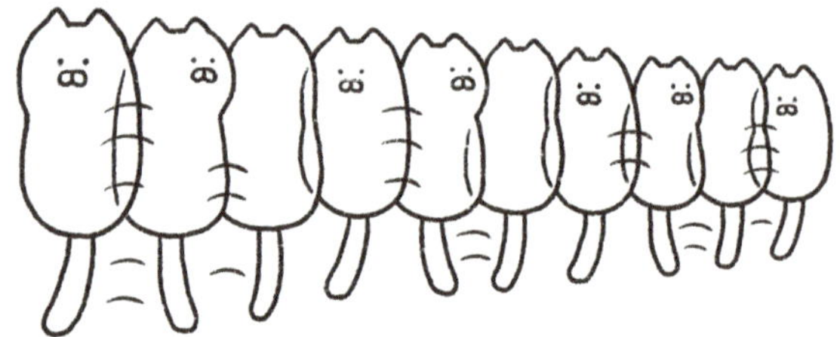

슈슈숙

저 멀리 사라집니다….

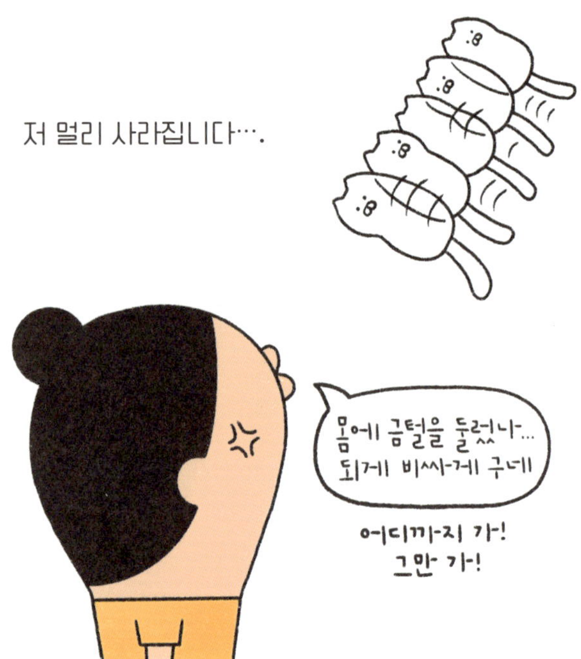

이소는 만지는 것을 싫어하는, 눈으로만 봐야 하는
관상용 고양이입니다.

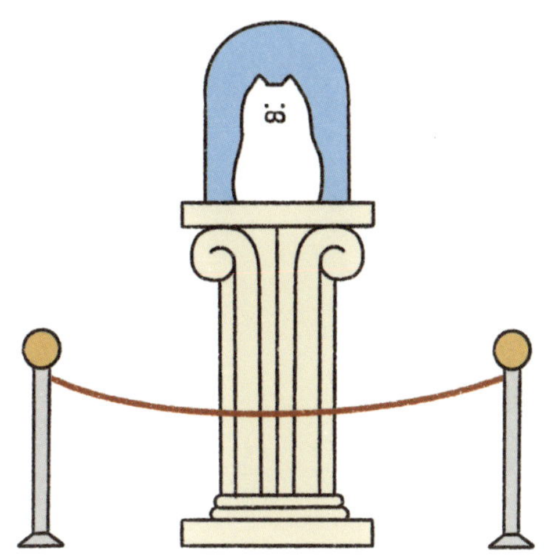

관상용 고양이에게 거부당한 손길은
터치용 고양이를 만지며 위안을 삼습니다.

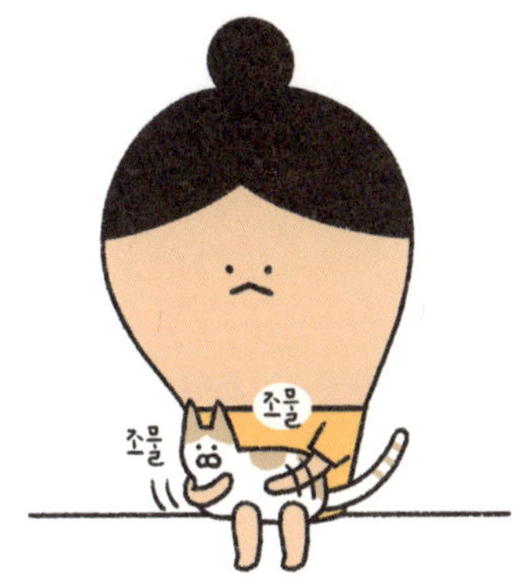

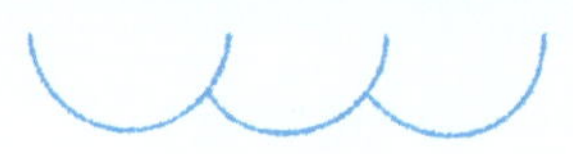

이소는 침대 위에서 잘 자고 있다가도

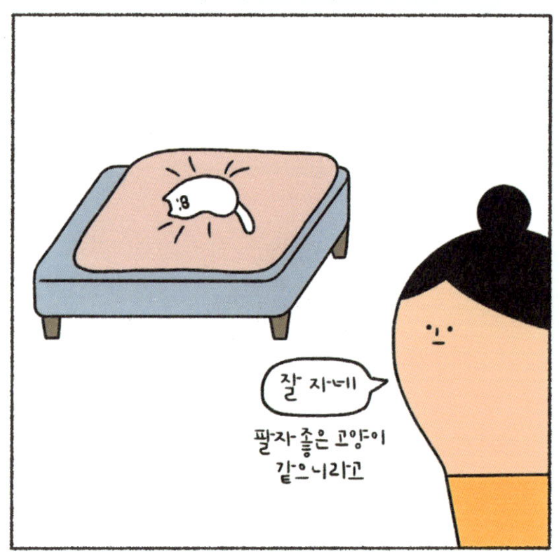

보일러를 켜면 기가 막히게 알아차리고
따끈한 바닥으로 내려가 잔다.

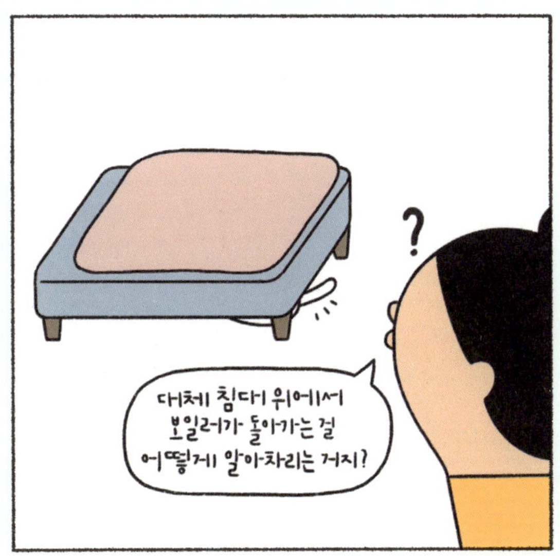

크리스마스 장식은 사치인 걸까?

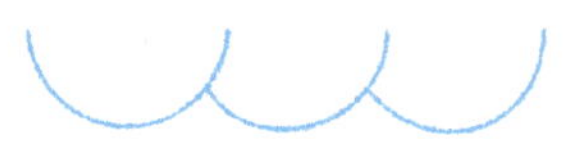

문에 크리스마스 장식을 달아 두었는데

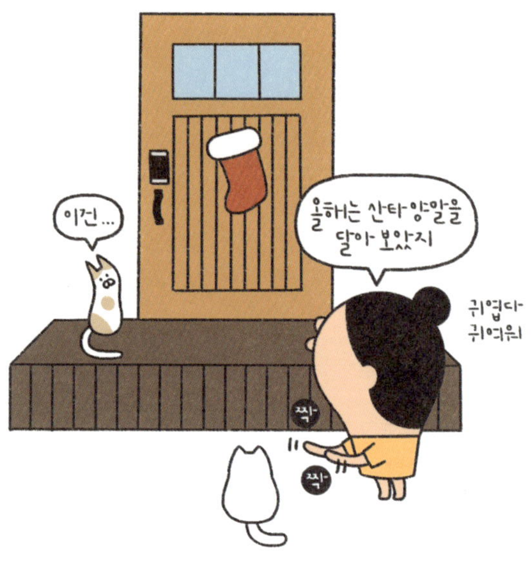

고양이가 있는 집에 크리스마스 장식은 사치인 건가?

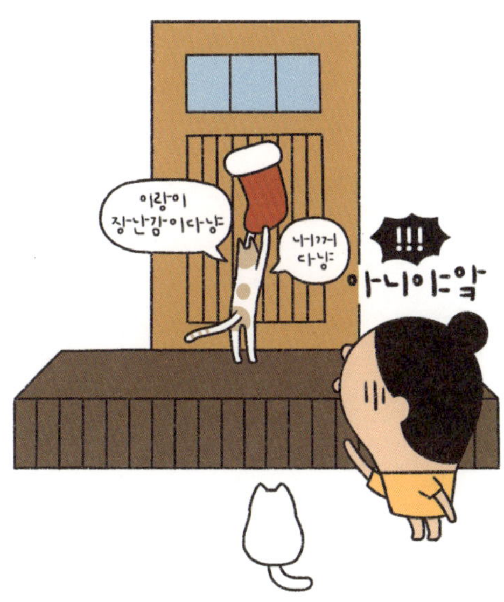

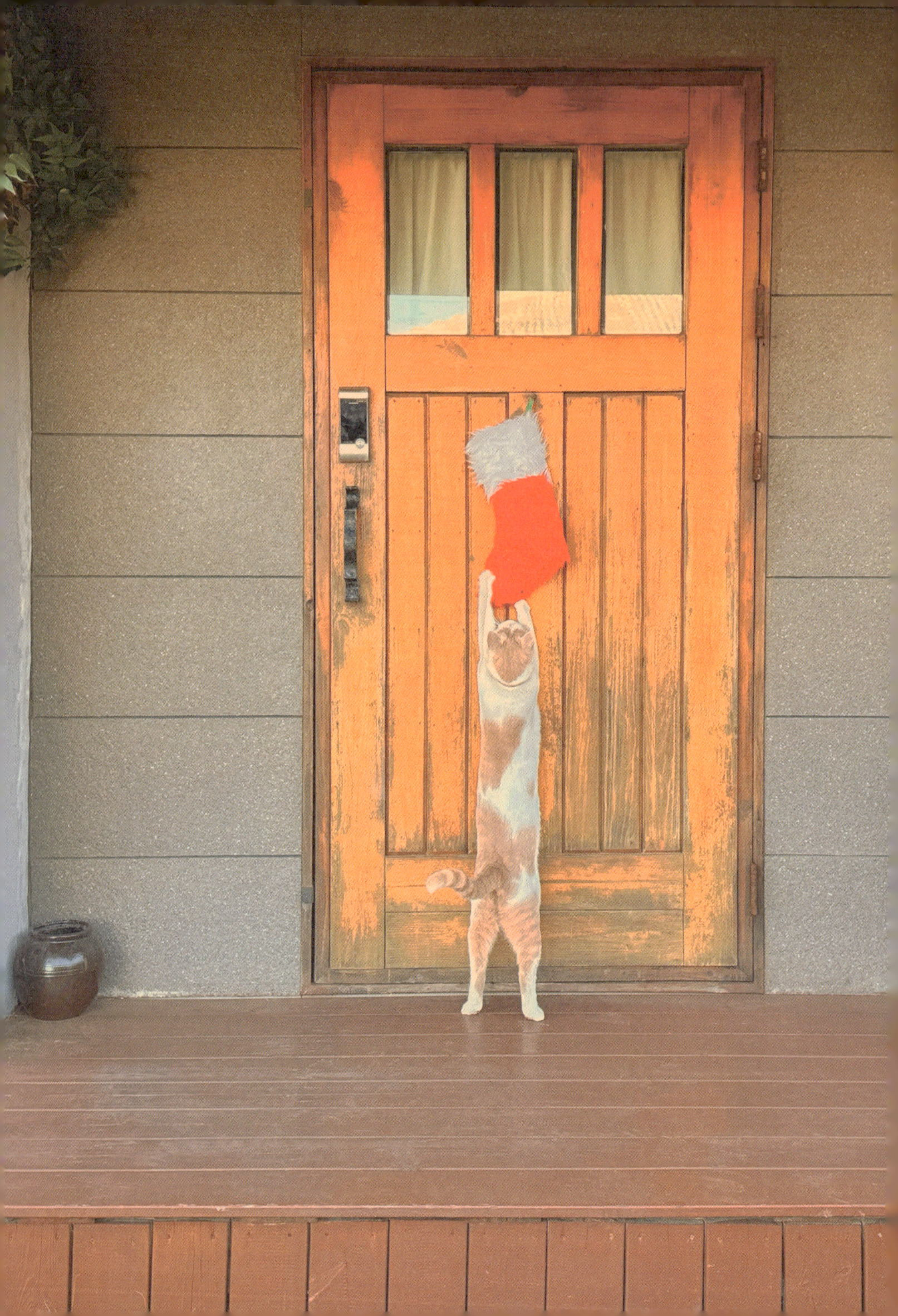

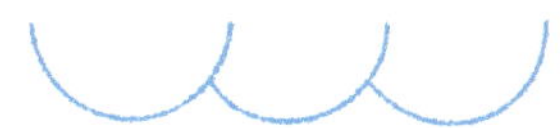

겨울의 유단포

날씨가 쌀쌀해지는 늦가을부터
우리 집에서 가장 늦게 자는 내가
자려고 침대에 누우면

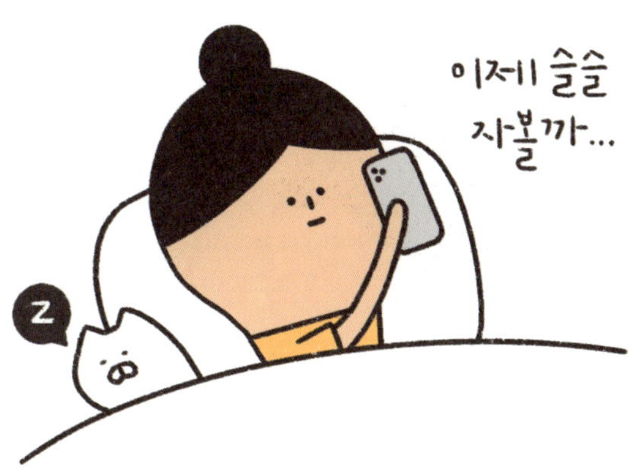

먼저 자고 있던 이랑이가
눈도 제대로 못 뜬 채 울면서 옆으로 온다.

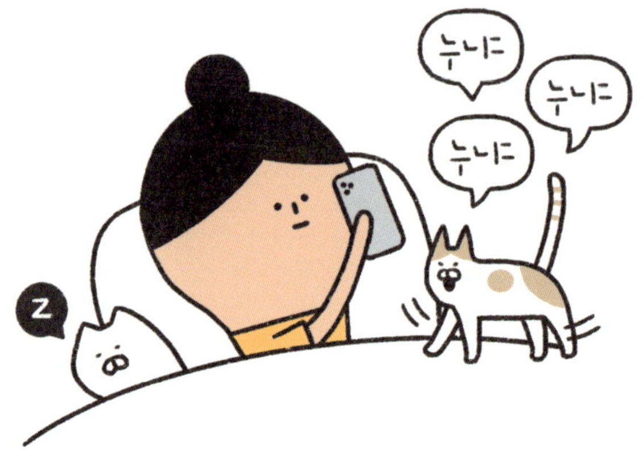

이때 이불을 살짝 들어 열어 주면
이랑이가 이불 속으로 들어가

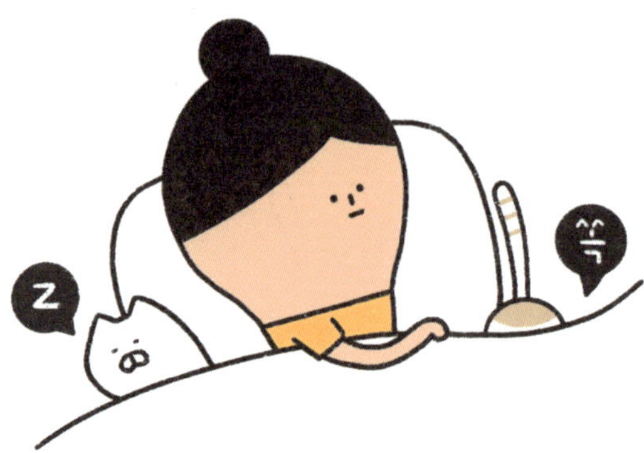

얼굴을 쏙 내밀고, 내 팔에 기대어 눕는다.

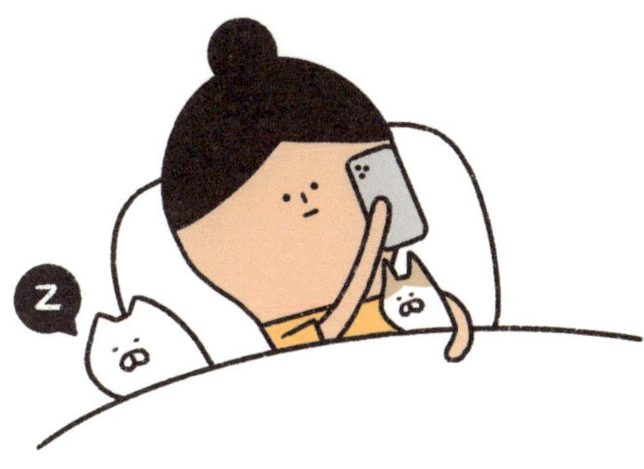

이 자세는 몸을 움직일 수도 없고
핸드폰 하기도 아주 불편하지만

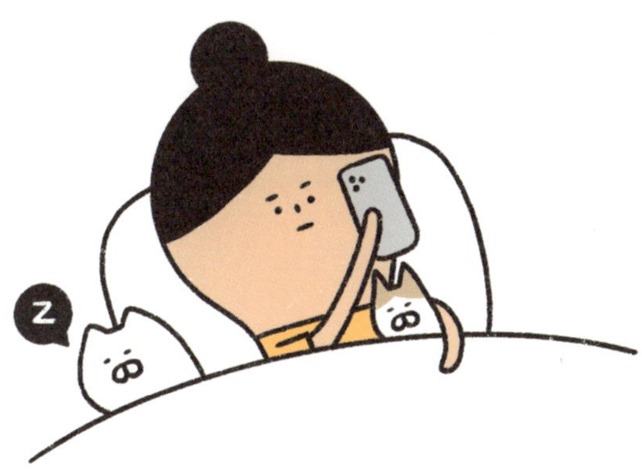

사람 체온보다 높은 고양이의 체온은
겨울밤을 따뜻하게 보내게 해준다.

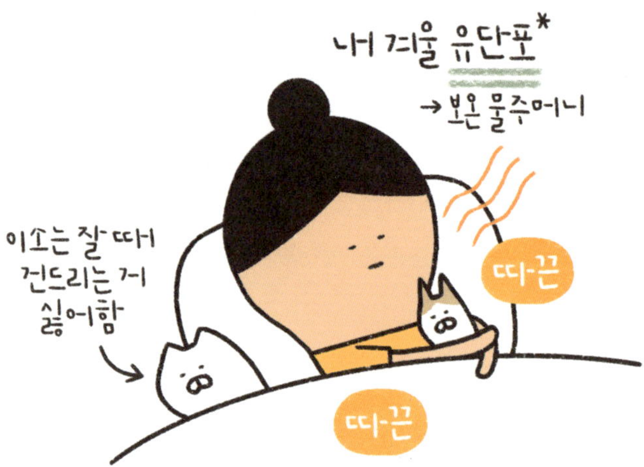

166

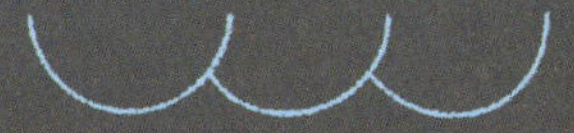

언젠가 너로 인해 울게 되겠지만

고양이들과 나란히 누워 있다가
인간인 내가 고양이인 너희보다
수명이 길다는 사실에 안심이 되었다.
살다가 별일이 없다면 너희는 나보다 먼저 떠나겠지.
그건 생각하기도 싫은 슬픔이지만,
너희를 이 세상에 홀로 두는 것보다는 낫겠지.

다행이다.

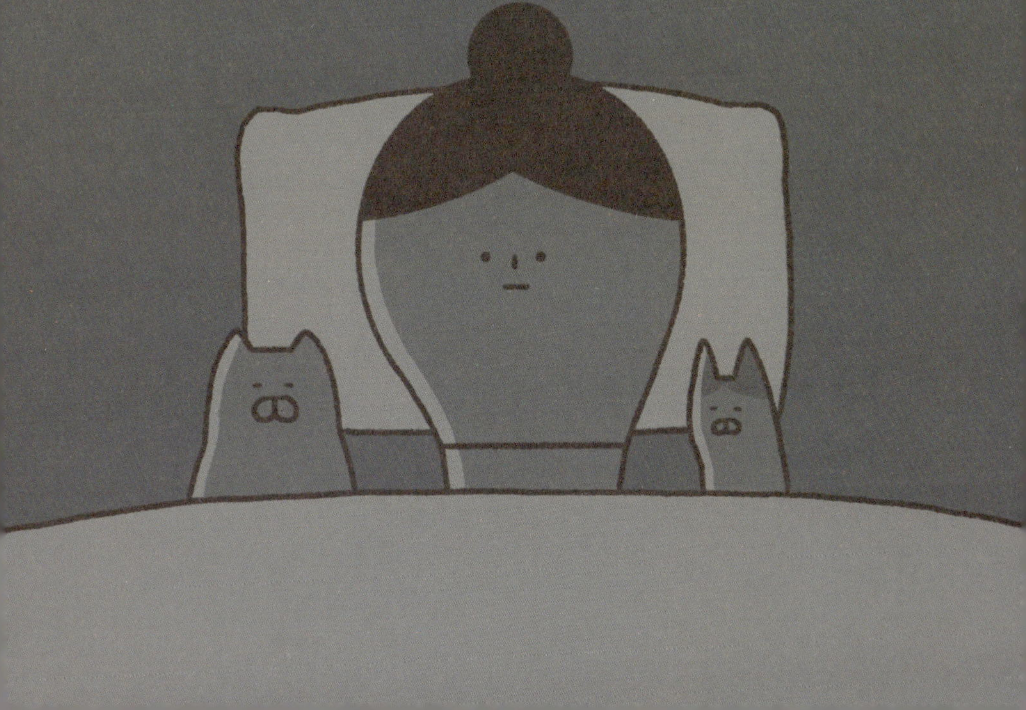

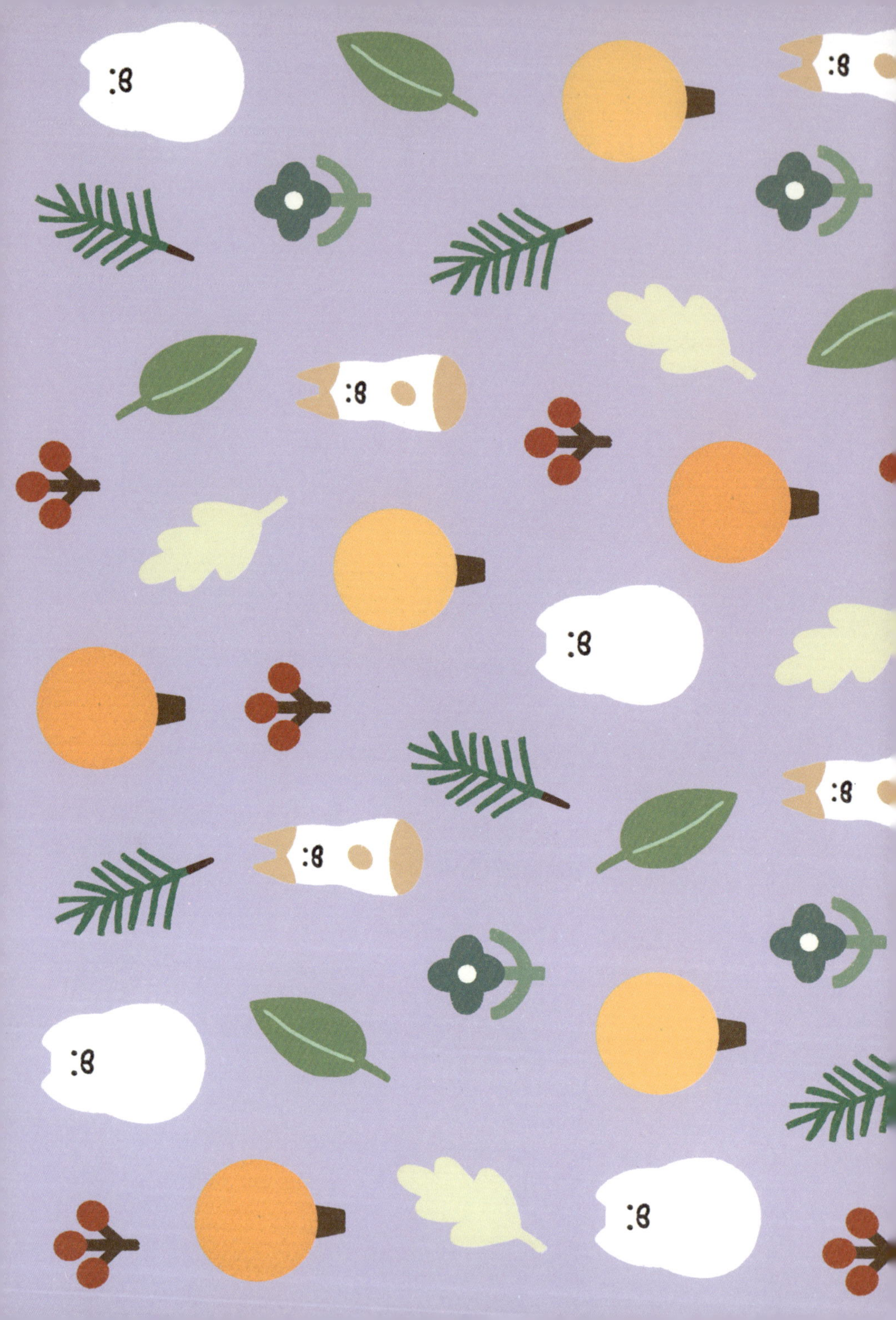

Part 3

누구보다 나 자신을
정성껏 돌보면서

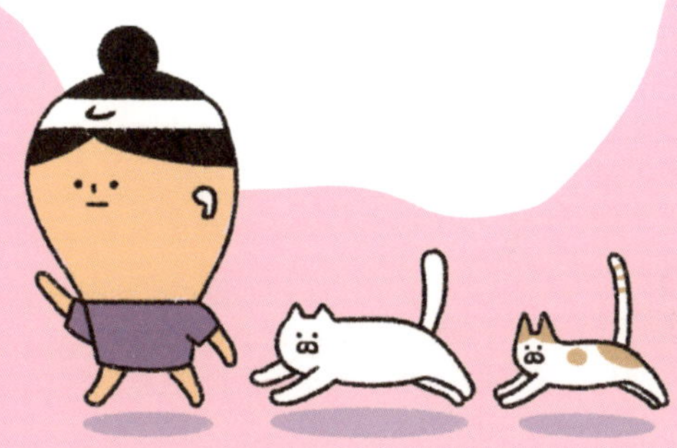

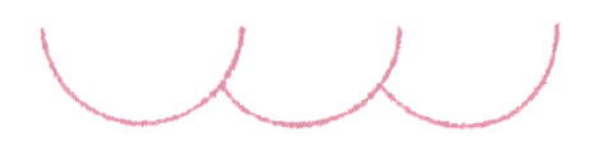

혼자 살 때 소홀해지기 쉬운 것이 바로 식사다.
가능하면 대충 때우는 한 끼가 아니라
제대로 차려 먹으려고 한다.

그렇지만 요리 실력이 엄청 뛰어난 편은 아니어서
간단하지만 맛은 간단하지 않은 음식을 선호하는데
그런 음식이 바로 솥밥이다.

솥밥은 밥을 지을 때 위에 제철 식재료를 올리기만 하면
맛도 좋아지고 보기에도 좋은 제법 근사한 요리가 된다.
혼자 먹을 때도, 누군가와 함께 먹을 때도
언제나 근사한 한 끼 식사가 되어준다.

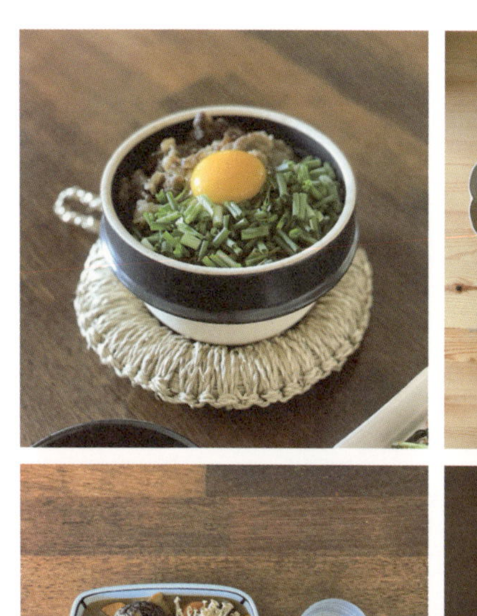

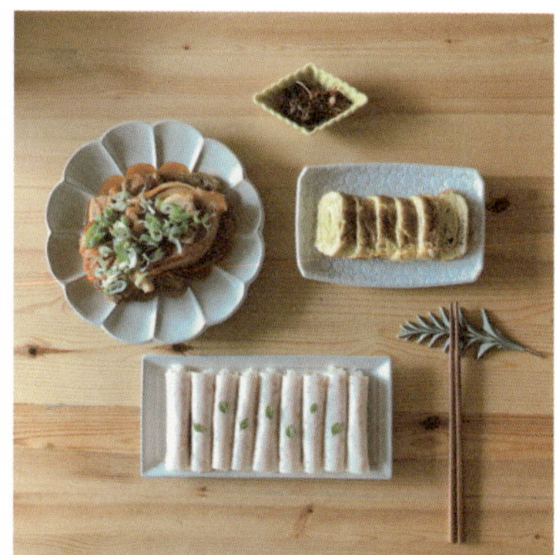

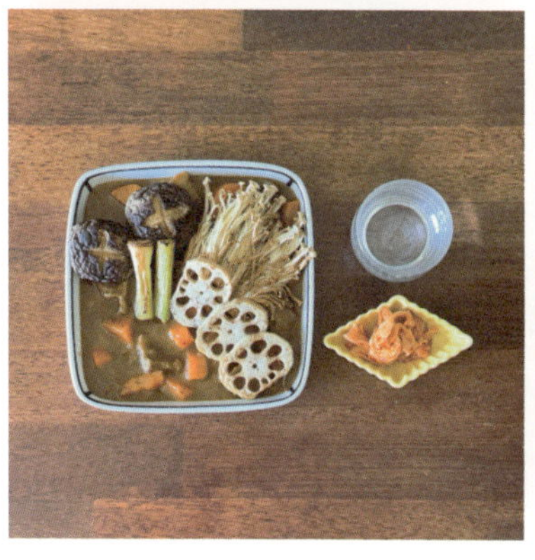

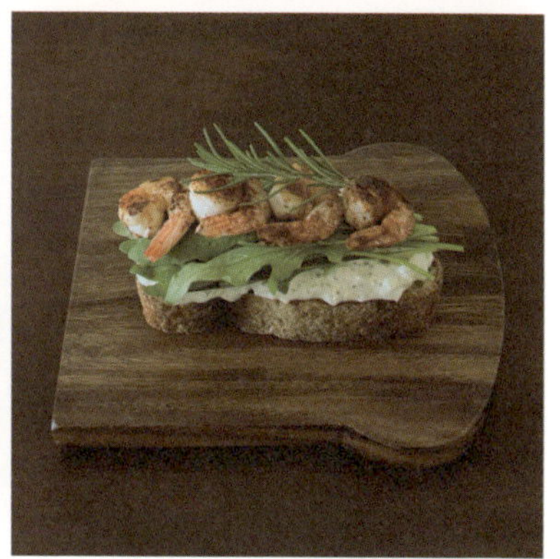

한라산에서 자란 표고버섯을 올려 버섯 솥밥을 짓기도 하고,
무가 단 계절에는 무나물을 올리고,
성게 철에는 근처 해녀 삼춘 작업장에서 갓 딴 성게를 사 와
성게 솥밥을 해 먹기도 한다.

차릴 때는 번거로울 수 있으나
정성스럽게 차려 놓은 식탁을 보면
식사 전 마음가짐부터 달라져
정갈해진 마음으로 음식을 대하게 된다.

내가 먹을 음식을 시간을 들여 차려 먹을 의지가 있다는 건,
내가 나를 아끼고 오늘을 성실히 살며
내일을 기대하고 있다는 뜻이다.
그렇게 식사로 나를 돌본다.

나에게 잘 차려 먹는 식사는
나를 사랑하는 방법의 하나다.

물과 재미난 일은 셀프

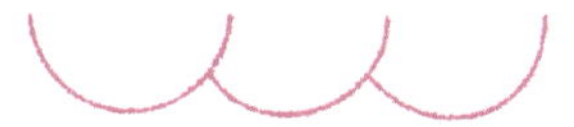

"요즘 뭐 재미난 일 없어?"

친구들과 만나면 누가 먼저랄 것 없이 입버릇처럼 나오던 말.

굴러가는 낙엽만 봐도 깔깔대던 시절이 있었는데
나이가 들면서 점점 모든 것에 시니컬해지고
반복되는 하루가 지루하게 느껴지는
'노잼(No 재미)' 시기가 주기적으로 찾아온다.

이럴 때 재밌는 일들은 가만히 기다린다고 해서
절대 먼저 찾아오지 않는다.

그래서 나는 '노잼' 시기가 오면
더 적극적으로 이 시기를 벗어나기 위해 노력한다.

여행을 계획하거나
평소 먹지 못했던 것을 먹으러 가거나
새로운 것에 도전하고, 배우고, 경험하다 보면
또 다른 세계가 열리고
그 안에서 즐거움이 생긴다.

최근에 한참 '노잼' 시기에 갇혀 있을 때
내가 찾은 재미는 스쿠터 타기였다.

스쿠터를 타고 달리면
바람을 가르며 느껴지는 해방감이 좋았다.
뚜벅이였던 내가 좀 더 먼 곳까지 갈 수 있게 되면서
더 많은 것을 보고 경험하게 되었고,
내 세상은 조금 더 넓어졌다.

지금은 너무 재미있는 스쿠터도 언젠가는 익숙해지고
별 감흥이 없어질 때가 분명히 오겠지.

그때가 오면, 나는 또 다른 재미를 찾아 나서면 된다.
인생에서 물과 재미 찾기는 셀프.

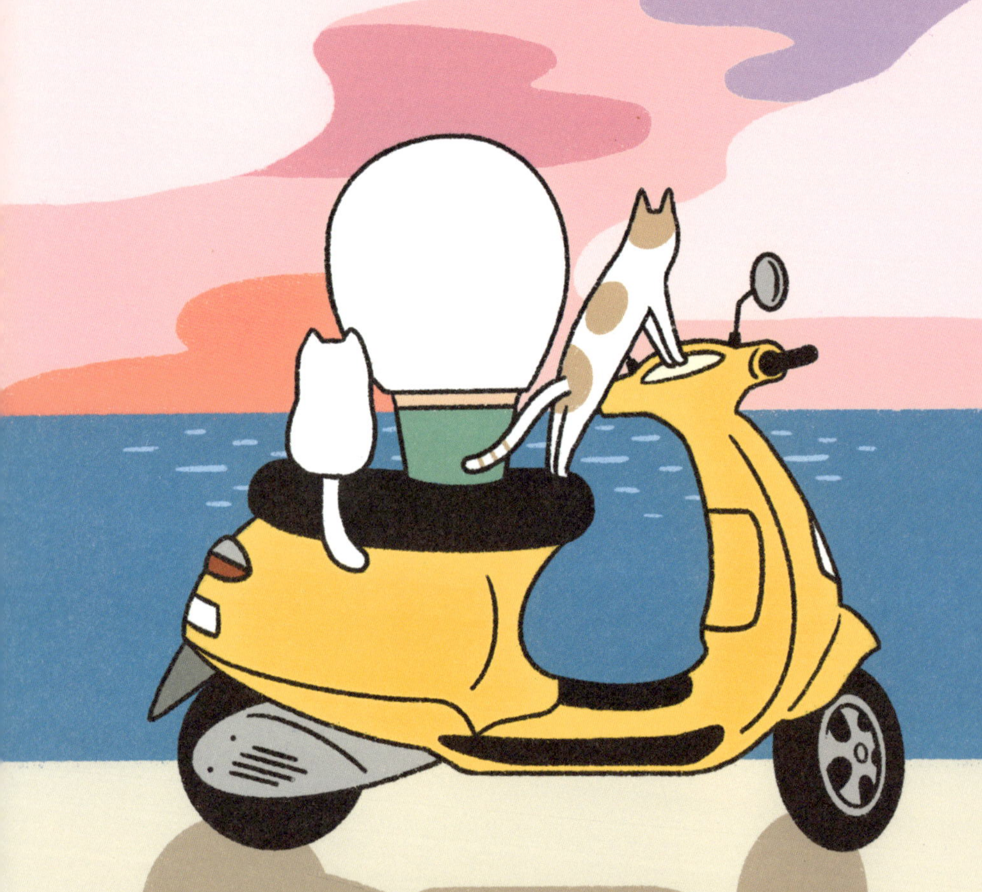

"살아 보니, 재미있는 일은 스스로 찾아오지 않더라고.
즐거움은 스스로 찾아 나서야 하는 거야."

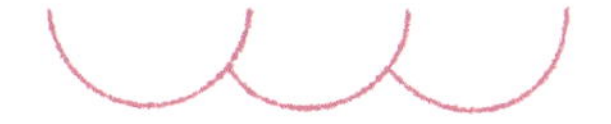

아침에 눈을 뜨자마자 집 근처 빵집에 가면
갓 구운 빵을 살 수 있다.
먹고 싶은 빵을 집게로 집어 쟁반에 담아 계산한 뒤,
집으로 돌아와 그릇에 담아 커피를 내려 함께 먹는 것이
행복하게 느껴지는 나날이다.

먼 곳으로 여행을 떠나거나
갖고 싶었지만 선뜻 살 수 없었던 가격의
물건을 사는 일에서도
행복을 느낄 수 있겠지만

집 근처 빵집에서 따끈따끈한 빵을 사 와
맛있게 먹는 이런 가까이에 있는 행복들이
결국 사람을 지탱하고 살게 하는 게 아닐까?

일 년 365일 중 단 며칠뿐인
비일상적인 행복만 바라며 살기보다,
나는 매일 반복되는 일상 속에서
행복을 느끼며 그렇게 살고 싶다.

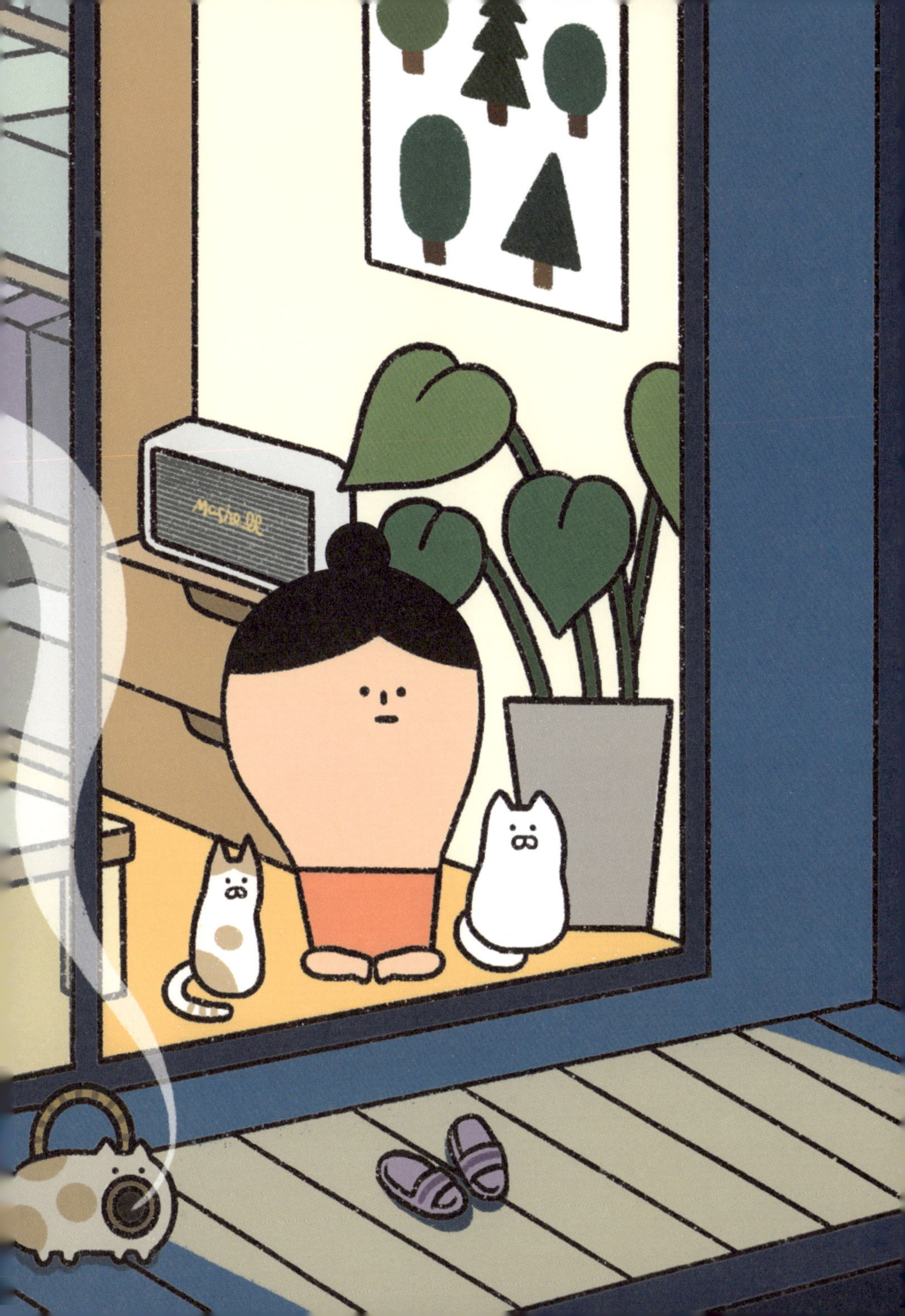
Musho Dr

오래오래 그리는 사람으로

어릴 적부터 그림 그리기를 좋아했다.
대회에 나가 수상할 정도의 실력은 아니었고,
그냥 노트 모퉁이에 혼자서 끄적거리다가
누가 볼 새라 지우기를 반복하는 아이였다.

간혹 친한 친구들이나 미술 선생님이
내 그림을 보며 칭찬해 주는 것만으로도
나는 기뻤다.

그림은 나의 작은 기쁨이었지만,
그림으로 무언가를 더 할 수 있다고
생각하지는 못했다.

그래서 주변 친구들을 따라
인문계 고등학교에 들어갔고
순리대로 수능을 준비하며
고3이 되었다.

고3의 어느 날,
미술 입시를 준비하는 친구와
짝꿍이 되었다.
친구는 만화를 그리고 있었고,
애니메이션 학과에 가고 싶다고 했다.

내가 알던 입시 미술과는 다른
짝꿍의 말을 듣고
내 머리에 반짝 불이 들어왔다.

정물화나 수채화보다는
만화나 일러스트를 좋아하던 나였는데.
그것으로 대학에 갈 수 있다니!

무언가에 홀린 듯
그날 무작정 야간자율학습을 빼고
친구가 다니는 학원에 따라갔다.

이후 부모님과 담임선생님을 설득해
애니메이션 학원에 다니며
입시 준비를 시작했다.
고3, 6월의 일이었다.

빠르면 중학교 때부터 시작하는 친구들도 있었는데,
나에게는 미술 실기시험까지
6개월밖에 남지 않았다.

학원에서 팔레트에 물감을 짜는 것도 처음 해 보았고,
전문가용 물감에는 어린이용 물감과 달리
연베이지(그 당시 '살색') 색상이 없어서
색을 조합해 만들어 써야 한다는 사실에
충격을 받기도 했다.

그런 내가 애니메이션 학과에
입학하게 되었다.
그해 우리 과의 입학자는 70명이었고,
모두 나보다 오랜 시간 그림을 그려 왔으며
실력도 뛰어났다.

그러나 동기 중 지금까지 그림을 그리는 사람은
10명도 채 안 되는 것 같다.

누구보다 늦게 시작했던 내가
여전히 그림을 그리고 있다는 것만으로도
무언가를 시작할 때 늦고 빠름은
중요하지 않다는 것을 깨닫게 된다.
진짜 재능은 실력보다는 꾸준함이 아닐까.

꾸준히 오래도록 하는 것이
더 어려운 일이라는 걸
한 해 한 해 더 크게 깨닫고 있다.
이제는 내가 좋아하는 그림을
계속 그리고 있다는 것만으로 감사하다.

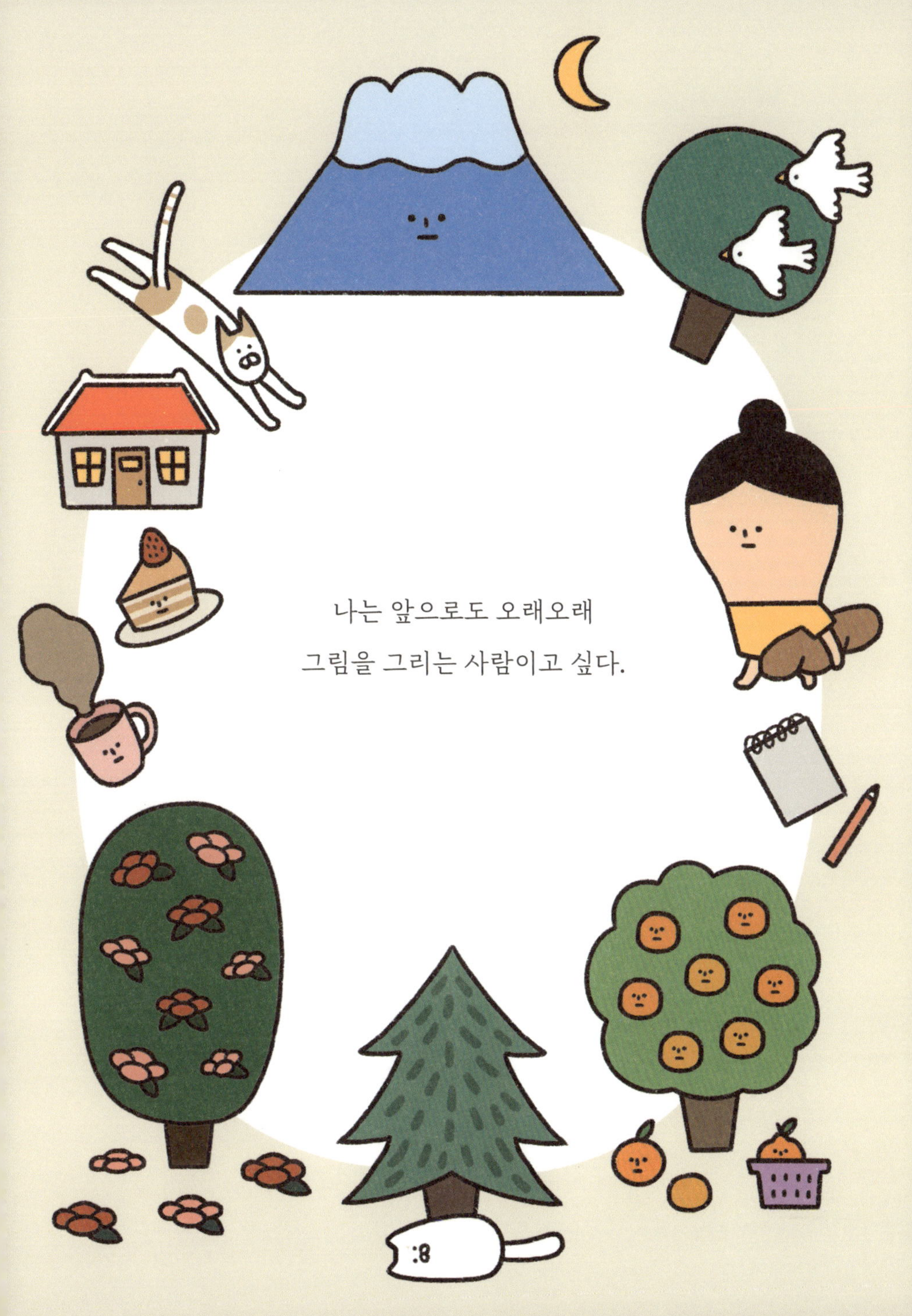

나는 앞으로도 오래오래
그림을 그리는 사람이고 싶다.

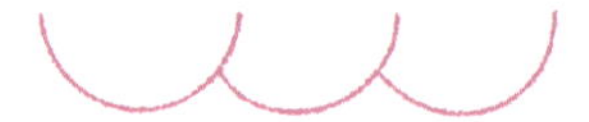

봄이 제일 먼저 오는 곳은
한라산 꼭대기도 아니고
바다 끝 수평선도 아닌 바로 시장이다.

겨울이 끝나갈 무렵부터
장에는 봄의 시작을 알리는 갖가지 봄나물과
봄 채소들이 나오기 시작한다.
장에 봄나물이 보이기 시작하면 "봄이 왔구나" 싶다.

집에서 제일 가까운 곳에 열리는 장은
오일장이라 5일에 한 번 장을 보러 나선다.

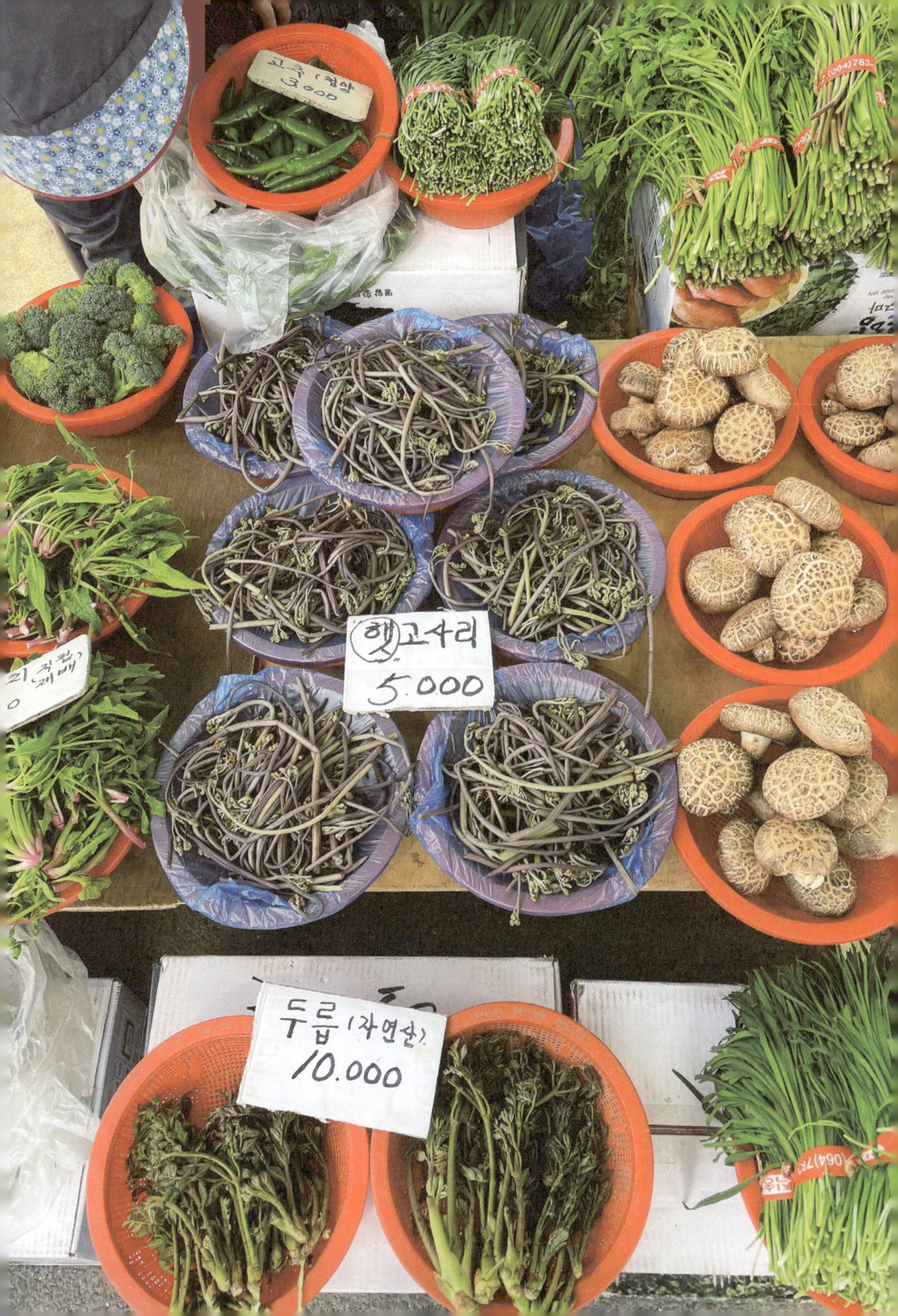
고추 (청양)
3,000
햇고사리
5,000
두릅 (자연산)
10,000

장에 가면 욕심부리지 않고
딱 5일 치 채소만 구입한다.

오늘은 파 한 단(2,000원)과
된장찌개에 넣을 냉이 한 바구니(3,000원),
파프리카 한 묶음(5,000원),
숙주(2,000원), 감자 한 바구니(5,000원), 두부 한 모(2,000원),
간식으로 먹을 쑥호떡 3개(2,000)를 샀고
마지막으로 단골 반찬 가게에 가서 봄동 겉절이를 샀다.

반찬 가게 삼춘이 겉절이를 담아 주며
"이빨 튼튼하지?" 하면서
섞박지를 몇 개 맛보라고 담아 주신다.

이 맛에 장에 오지.

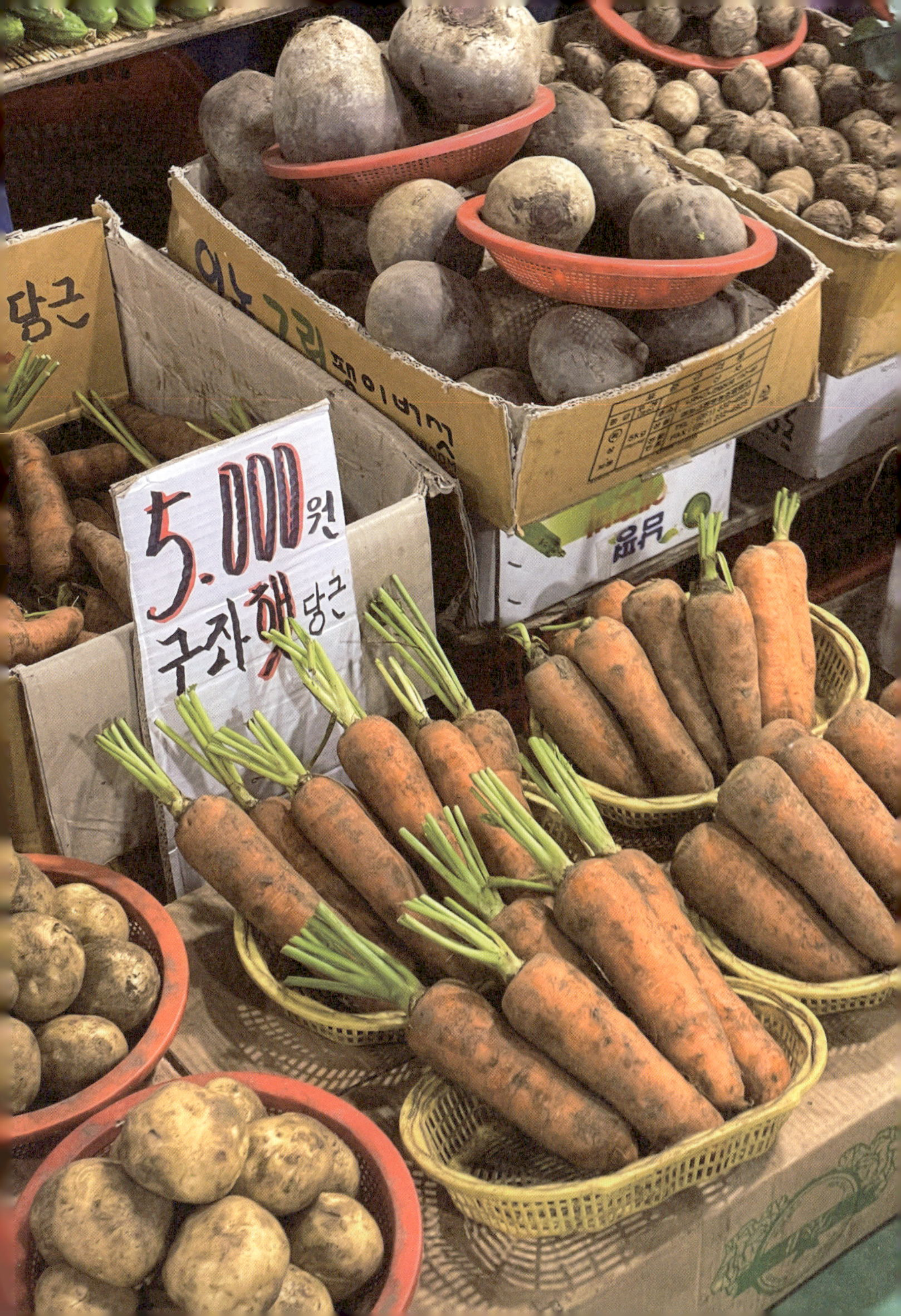

당근
5,000원
구자해 당근
음목

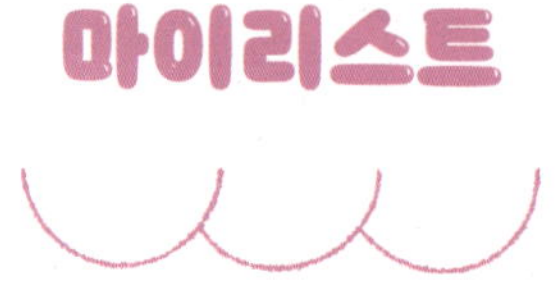

한때 미니멀리스트로 사는 게 유행이었던 시기가 있었다.
그때는 필요한 최소한의 물건으로 사는 사람들의 모습이
깔끔하고 정갈해 보여서
나도 여러 번 시도했지만, 결과는 실패.

나는 계절에 따라 예쁜 옷을 바꿔 입는 것도 좋아하고
음식에 따라 골라 담는 예쁜 접시도 좋아하며
기분에 따라 가방과 신발도 바꿔 신고 싶다.
책장 한가득 좋아하는 책으로 채우고
아기자기한 소품도 좋아하는
애초에 미니멀리스트로 살 수 없는 인간이었다.

대신 요즘에는 집에 무언가 들일 때
여러 번 신중히 생각한다.

예전에는 쓸모가 없어도 귀엽고 예쁜 물건이면
일단 사서 집에 들였고,
여행을 가서는 기념품이라는 명목으로
집에 와서는 보지도 않을 물건을 사기도 했다.
하지만 그동안 쌓인 경험으로 결국 그것들은
집 한구석에 자리만 차지하다 먼지만 쌓이고
쓰레기통으로 간다는 것을 알았다.
이사를 할 때마다 사 모은 것들을 버리며
얼마나 후회했는지 모른다.

이제는 오래 보아도 질리지 않고
자주 쓰임이 있는 물건을 구매하려 한다.
미니멀리스트처럼 최소한의 물건으로 사는 건
불가능한 사람이지만
대신 우리 집에는 내가 아끼고
좋아하는 물건으로만 가득 차 있다.

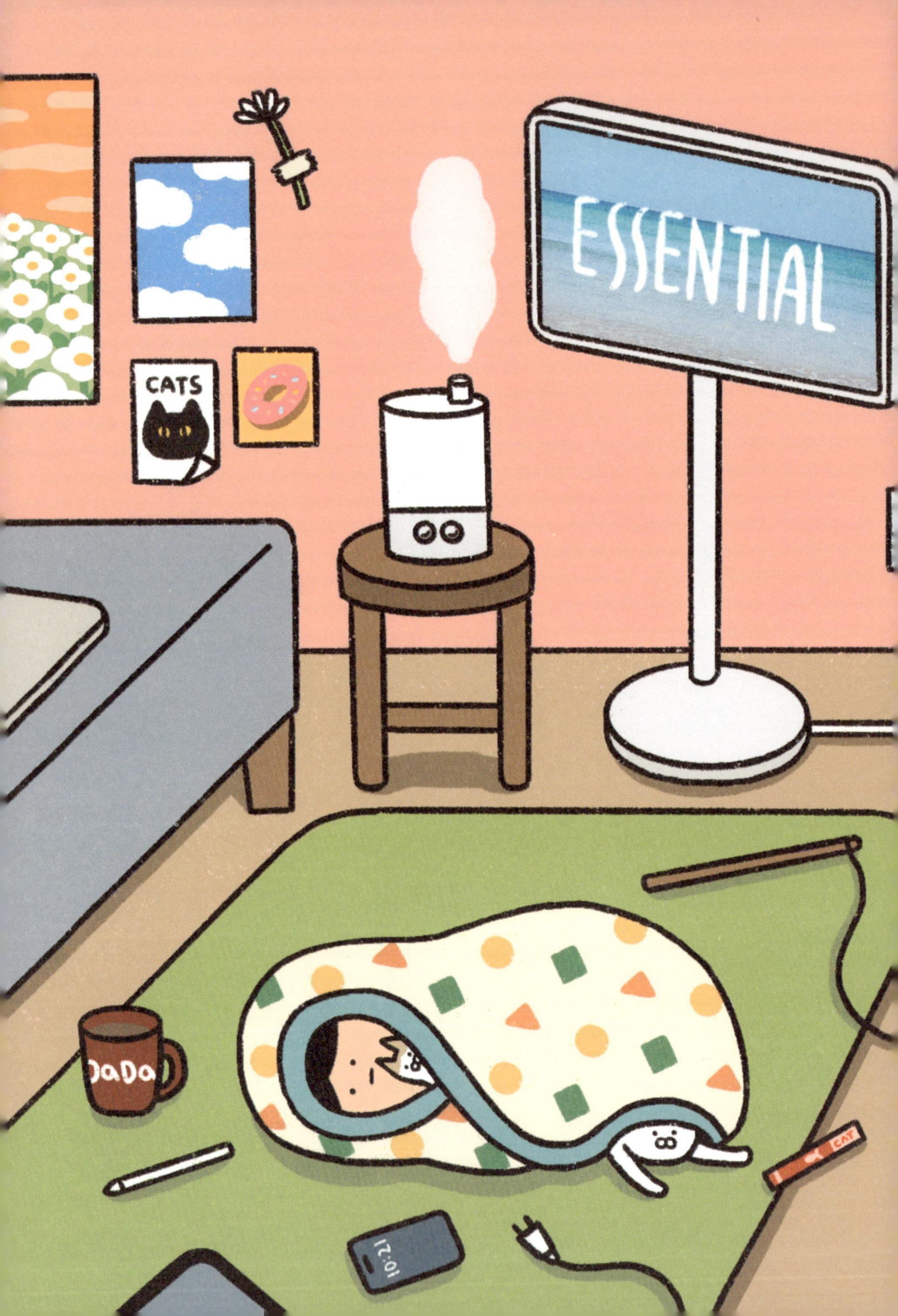

CATS
ESSENTIAL
DaDa
CAT
10:21

여행지에서 발견해 계속 눈에 밟혀
결국 마지막 날에 사서 깨질까 애지중지
옷으로 꽁꽁 싸매 이고 지고 온 접시,
어느 빈티지 가게에서 발견한 직접 손으로 뜬 발매트,
틈틈이 사 모은 저마다 다른 모양의 화분들과
마음에 드는 모양이 없어
타일을 붙여 제작한 테이블,
하나하나 모아 온 작은 소품들까지.

모두 구매한 시기도, 데려온 곳도 다르지만
내가 직접 고른 것들이라 그런지
한데 모아 두어도 튀는 녀석이 없다.

큰 가구부터 작은 접시 하나까지
모두 내 손을 거쳐 이 집에 들인 것들이니
이 집이 곧 내 취향 그 자체가 되었다.

나는 미니멀리스트가 아닌
마이리스트로 사는 사람.

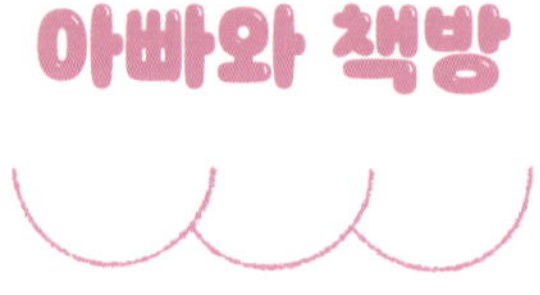

어렸을 적 아빠는 주말에 한 번씩
동생과 나를 서점에 데려가 책을 고르게 하고
고른 책이 무엇이든 사 주셨다.
그리고 농담 반, 진담 반으로 이 말을 덧붙이셨다.
"내가 밥은 굶어도 너희 책은 사줄 거다."

이 말에는 어렸을 적 돈이 없어
읽고 싶은 책을 마음껏 읽지 못하고 자란
아빠의 서러움이 담겨 있었을 것이다.

아빠 덕분에 나는 읽고 싶은 책은 마음껏 읽으며 자랐고
지금도 책방에 갈 때면 아빠를 떠올리며 책을 산다.

제주도에는 대형 서점은 없지만
작은 동네 책방은 동네마다 한두 개 있을 정도로 제법 많다.
동네 책방은 대형 서점만큼 다양하고
많은 종류의 책을 갖추고 있지는 않지만,
책방 주인의 취향이 묻어난 책들과
개인이 만든 독립 출판 책들을 볼 수 있다는 장점이 있다.
책방마다 다른 분위기를 느낄 수 있는 것도 큰 매력이다.

나에게 책방에서 책을 고르는 건
빵집에 들어가 빵을 고르는 것만큼 설레는 일이다.
갓 구운 빵 냄새만큼 좋아하는 책 냄새를 맡을 수 있어
책방에 직접 가서 사는 것을 좋아한다.

선반 끝에서 끝까지 책 제목을 하나씩 읽어 내려가며
그중 유독 마음에 와닿는 제목의 책을 하나 꺼내어 고른다.
마치 해리 포터가 자신에게 꼭 맞는
운명의 지팡이를 고르듯이 말이다.

그렇게 정성 들여 골라 온 책을 다 읽은 후
책장에 바르게 꽂아 넣으면
책 한 권이 비로소 내 것이 된다.

어렸을 적 아빠와 함께
책방에 가서 책을 고르기를 좋아하던 아이는
어른이 되어서도 책방을 좋아하는 어른이 되었다.

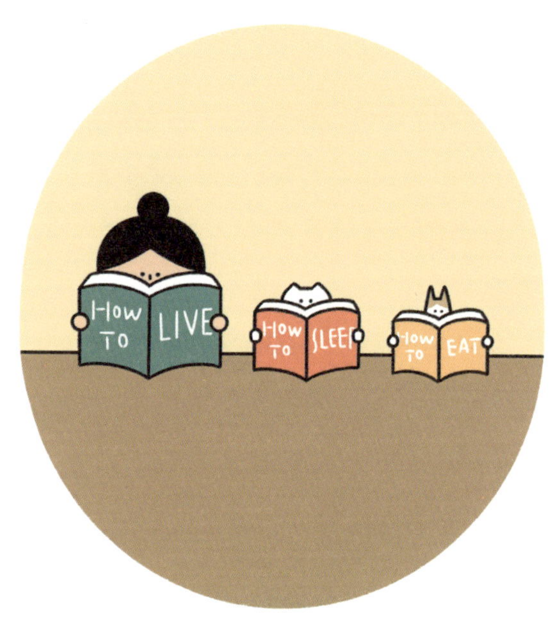

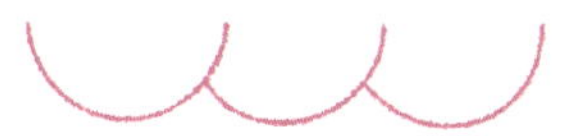

조개껍질을 찾는 마음으로

매일 똑같이 반복되는 하루 같아 보여도
그 하루를 찬찬히 들여다보면
날마다 다른 소소한 행복들이 있다.

화분에 새로 올라온 작은 잎,
고양이의 구슬같이 빛나는 두 눈 사이의
연한 분홍빛을 띤 작은 코,
오늘따라 더 맛있게 내려진 커피 한 모금,
오랜만에 연락이 온 친구의 안부 문자.

딱 그만한 작은 행복들은 언제나 내 곁에 있었다.
우리가 미처 알아차리지 못하고
아무 생각 없이 흘려보낸 날들에도 행복은 매일 있었다.

모두 바닷가에서 조개껍질을 찾는 마음으로
찬찬히 들여다본 내 하루에서 발견한 작은 행복들이다.

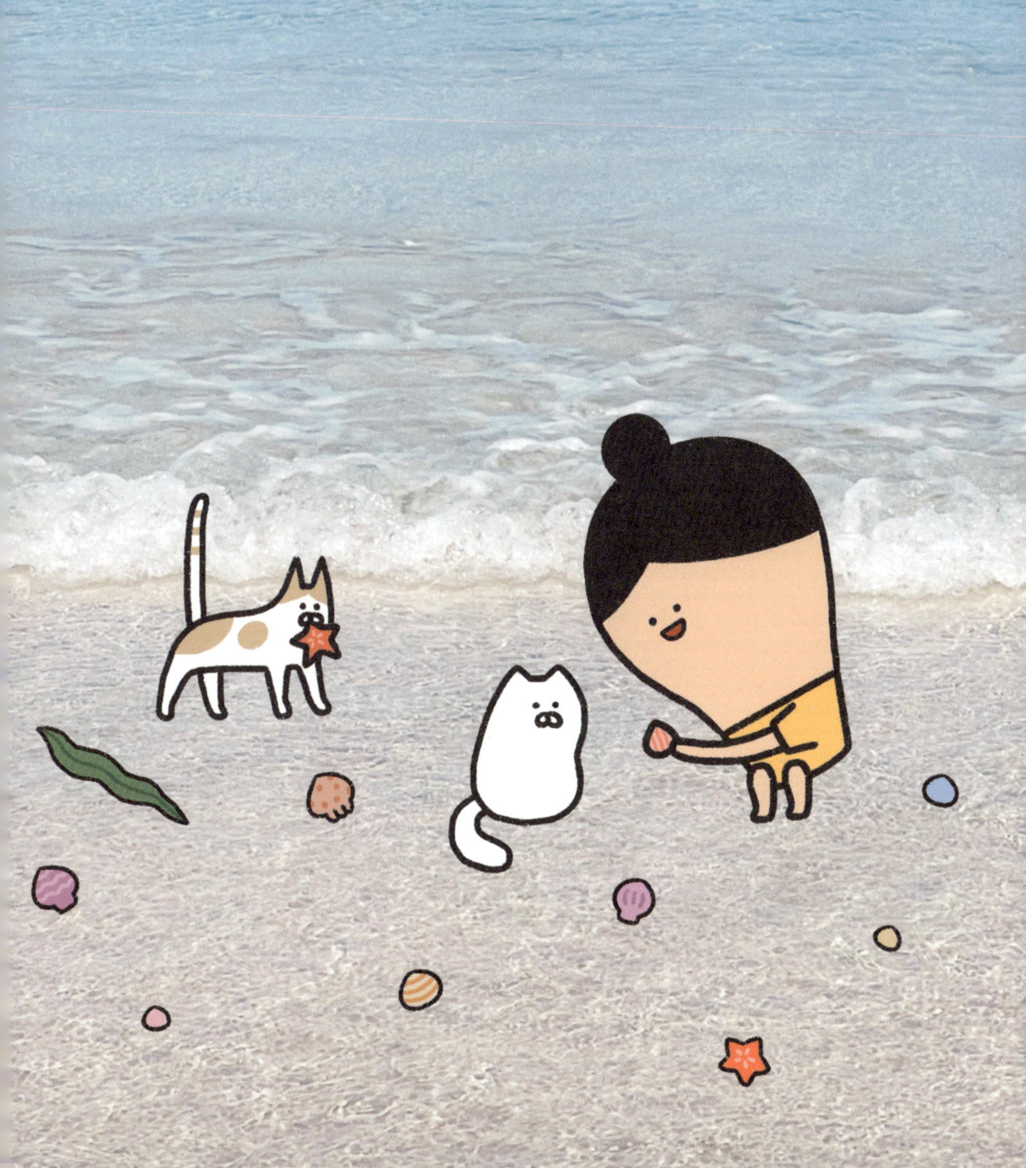

이 밤은 무사해

이렇게 쉽게 잠들지 못하는 밤이면
오르락내리락하는 고양이 등에 기대어
가만히 숨소리를 들으며 눈을 감고 생각해.

걱정하는 일은 일어나지 않아.

내일 아침 눈을 뜨면 부풀어 오른 이 불안한 마음이
바람 빠진 풍선처럼 쪼그라들어 있을 거야.

고양이가 이렇게 편히 자는 밤에는
아무 일도 일어나지 않아.

이 밤은 무사해.

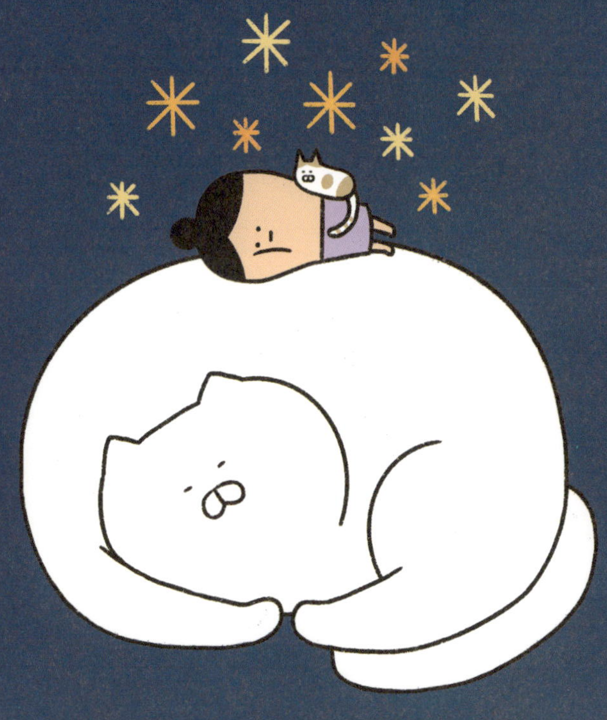

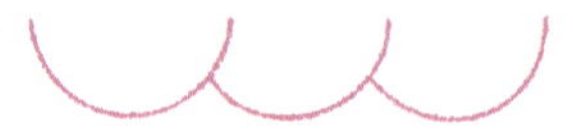

행복에도 모양이 있다면

한때는 나도 남들의 행복을 따라 해 보려 했다.
다양한 사람들을 만나러 모임에도 나가고
여러 사람과 약속을 잡아 밤늦도록 시간을 보냈다.
관계를 늘리고 사람들과 어울려야 잘 사는 것이라 생각했다.

하지만 떠들썩한 시간을 보내고 집으로 돌아오는 길에는
수박 겉핥기식 대화에서 피곤함을 느꼈고
마음이 없는 순간들에 시간을 낭비하고 있다는
왠지 모를 허무함이 찾아왔다.

반복되는 피곤함과 허무함 속에
나는 나의 행복이 그 자리에 있지 않다는 것을 깨달았다.

많은 이들과 관계를 맺고
친분을 유지해야 한다는 강박에서 벗어나
저녁 시간은 오롯이 나를 위해 쓰기로 했다.
저녁이 되면 내 생각을 글과 그림으로 옮기고
관심 있던 것들을 공부한다.
또 하루를 돌아보고 내일을 계획하며,
더 나아가 미래의 나를 그려 보는 시간을 가진다.

가끔 소중한 사람 몇몇과 만나 맛있는 것을 나누어 먹고
진솔한 대화를 나누며 웃는 것으로
관계의 갈증은 충분히 채워졌다.

얼마 전엔 결혼한 친구가 아이를 데리고 제주에 왔다.
아장아장 걷는 아이와 친구의 뒤를 따라 걷는데
문득 이런 생각이 들었다.

'사람마다 행복의 모양은 다른 거구나.'

HAPPINESS

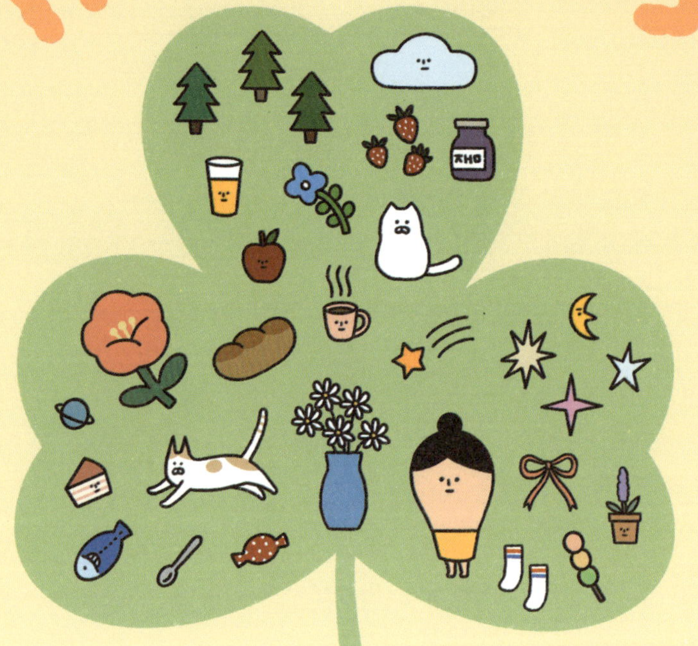

결혼하고 아이를 낳아 가정을 이루고 사는 게
친구가 추구하는 행복의 모양이라면,
제주도에 살면서 스스로를 챙기며
혼자 자유롭게 사는 것이 내 행복의 모양이었다.

나를 찬찬히 들여다보고
나의 행복은 어떤 모양인지 알아야만
남의 행복을 따라 하면서 억지로 꿰맞춰 살지 않게 된다.

행복의 모양이 서로 다르다고 해서
누구는 맞고 누구는 틀린 것이 아니다.
행복에 정답이라고 정해진 모양은 없으니까.

나는 내 행복의 모양을 알게 된 후로
더 이상 다른 사람의 행복을 부러워하지 않게 되었다.

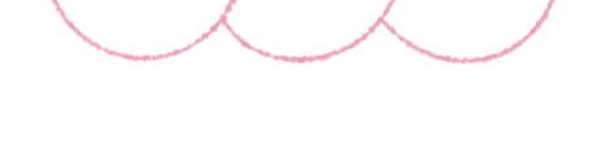

제주도에는 점심 장사만 하거나
저녁 일찍 문을 닫는 가게들이 많다.
쉬는 날도 들쭉날쭉하고 휴무가 아닌 날에도
'개인적인 사정으로 쉽니다'
쪽지 하나 문 앞에 붙어 있어
발걸음을 돌린 적도 제법 있다.

기껏 시간을 내어 발품 팔아 방문했는데
가게가 휴무일 땐 기분이 썩 좋지 않지만
어느 정도 이해는 간다.

살던 곳을 정리하고, 다니던 직장도 그만둔 채
이 섬에 살기로 한 사람들은
어쩌면 미래보다
지금 이 순간에 충실하고 싶은 사람들일 테니까.

저녁 시간을 퇴근길 꽉 막히는 도로에서 보내고 싶지 않고,
가족과 함께 밥을 먹고 시간을 보내거나
자기 계발을 할 수 있는 '저녁이 있는 삶'을 원하고,

평일에 일하고 주말에는 지쳐 쉬는 삶 대신
어느 날은 비가 와서,
또 가끔은 가족이나 친구들과 시간을 보내기 위해서
자발적으로 쉬는 그런 여유 있는 삶을 살고 싶어서
도시를 떠나 이 섬에 내려온 게 아닐까.

벌이는 육지에서보다 덜하고
안정적인 직업과 직장도 아닐 수 있겠지만
제주에 내려와 사는 사람들은 돈 버는 일보다
다른 것에 우선순위를 두고 사는 사람들일지도 모르겠다.

먼 미래보다는 눈앞의 현재에 집중하며
지금 이 순간이 행복하기를 바라는 사람들인 것이다.

어느 가게 문 앞에 붙어 있던 쪽지가 문득 떠오른다.

"오늘은 쉽니다.
돌고래 보고 올게요!"

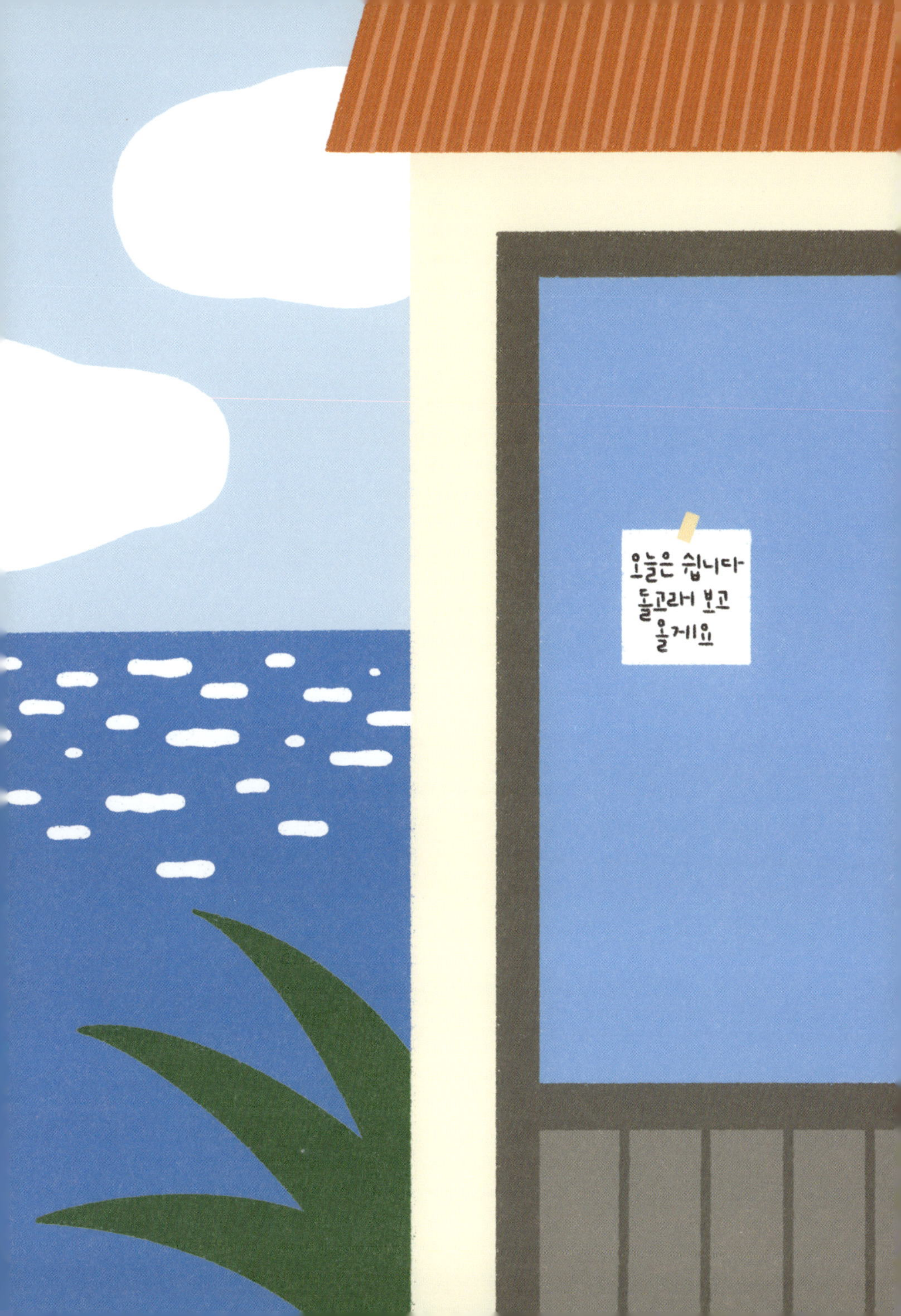
오늘은 쉽니다
돌고래 보고
올게요

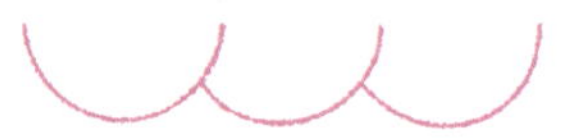

그림 그리는 걸 좋아하는 만큼
사진 찍는 것도 좋아한다.

그림으로 주로 내면의 감정을 표현한다면
사진에는 현재의 모습이 담긴다.
그 순간이 아니면 담을 수 없다는 점이
그림과는 또 다른 매력이다.

고양이가 기지개 켜는 그 짧은 순간
붉은 해가 저무는 그 몇 분
빠르게 변하며 흘러가는 구름의 모양과
순간마다 변하는 윤슬의 반짝임.

찰나의 순간이지만
사진으로 남기면 그 순간은 영원해진다.

아무리 멋진 풍경도, 예쁜 장면도
시간이 지나면 잊히기 마련이지만
사진으로 남겨두면 그 시간을 다시
떠올리고 추억할 수 있게 해준다.

사진을 많이 남긴다는 건
살면서 그만큼 좋은 순간이 많았다는 거겠지?

그 좋았던 순간들을 추억으로 만들어
훗날 오랜 시간이 지나 펼쳐보면서 웃을 수 있도록,
그렇게 추억이 많은 할머니가 되고 싶어서
오늘도 마주친 행복을 사진으로 열심히 남긴다.

오늘도 내 사진첩에는
오래도록 기억할 추억이 차곡차곡 쌓인다.

행복할 때는 주춤거리지 말고 망설임 없이 행복하자.
그 순간을 기억으로 저장해 추억으로 간직하면,
훗날 오랜 시간이 지나 꺼내보면서 웃을 수 있을 테니까.

그렇게 추억이 많은 할머니가 되자.

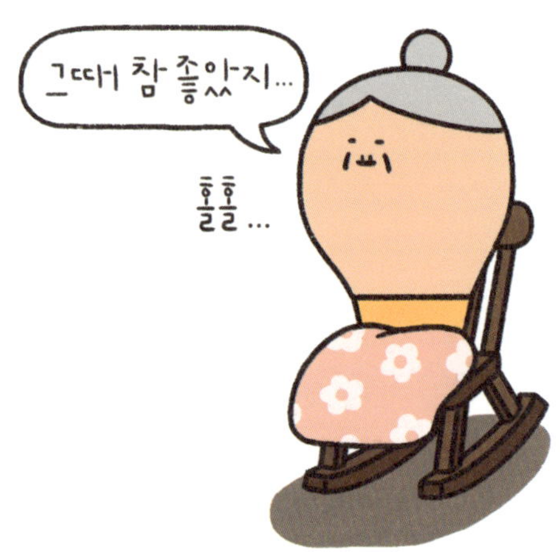

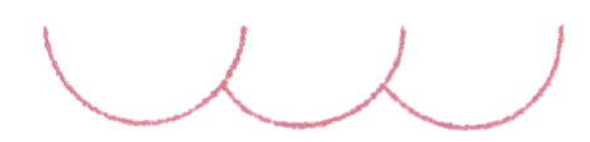

엄마의 노각무침

여름이면 가장 좋아하는 반찬이 있다.
바로 '노각무침'.

아무리 덥고 입맛 없는 여름이라도
고추장으로 버무린 엄마표 노각무침에
밥을 쓱쓱 비벼 먹으면
다른 반찬이 없어도 밥 한 그릇은 뚝딱 비워낼 수 있었다.

무더운 어느 여름날,
오일장에서 노각을 보는데
잠시 잊고 있던 엄마의 노각무침이 떠올랐다.

엄마가 곁에 살았다면 해달라고 부탁했을 텐데,
바다 건너 428km나 떨어진 육지에 사는 엄마에게는
어림도 없는 일이었다.

오일장을 두 바퀴 빙빙 돌며 망설이다
결국 노각 두 개를 사 들고 집으로 돌아왔다.

하지만 먹기만 했지 한 번도 다뤄본 적 없는
노각을 어찌해야 할지 몰라
테이블 위에 올려놓은 채
막막한 심정으로 멀뚱히 바라보기만 했다.

식탁 위에 올려진 노각 두 개를 보고 있자니
문득 어린 시절이 떠올랐다.

저녁이 되면 아빠의 퇴근 시간에 맞춰
부엌에서는 음식 냄새가 솔솔 풍기기 시작한다.
소금에 절인 노각의 물기를 꾹 짜내어 길게 썰고

고추장 양념으로 무쳐낼 즈음이면
밥솥에서는 '취사 완료' 소리가 울렸다.

식탁에는 엄마의 특기인 무가 듬뿍 들어간
된장찌개가 보글보글 끓고
퇴근 후 손을 씻은 아빠가 자리에 앉으면 시작되었던
우리 가족의 저녁 식사 시간.

프랑스 작가 마르셀 프루스트의 소설
《잃어버린 시간을 찾아서》 속 주인공 마르셀이
홍차에 적신 마들렌의 냄새를 맡고
어린 시절을 회상했듯이,
나에게 어린 시절을 떠올리고
가족을 추억할 수 있게 해주는 건
엄마의 노각무침인가 보다.

심플라이프의 기본은 가지치기

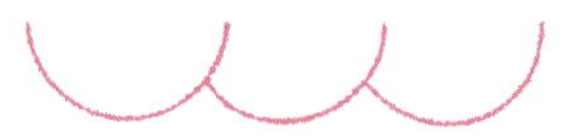

뜨거운 여름이 가고 찬 바람이 불어오기 시작하면
여름 내내 소복하게 피었던 집 입구 돌담 위
붉은 능소화가 하나둘 떨어지기 시작한다.

바닥에 붉은 꽃이 쌓이고
나무에 앙상한 가지만 남게 되면
겨울이 오기 전에 전지가위로 길게 뻗어 자란
가지들을 싹둑싹둑 잘라내 가지치기한다.

죽은 가지와 함께 튼튼한 가지도 짧게 잘라내는데
나무 전체가 균형 있게 자라고

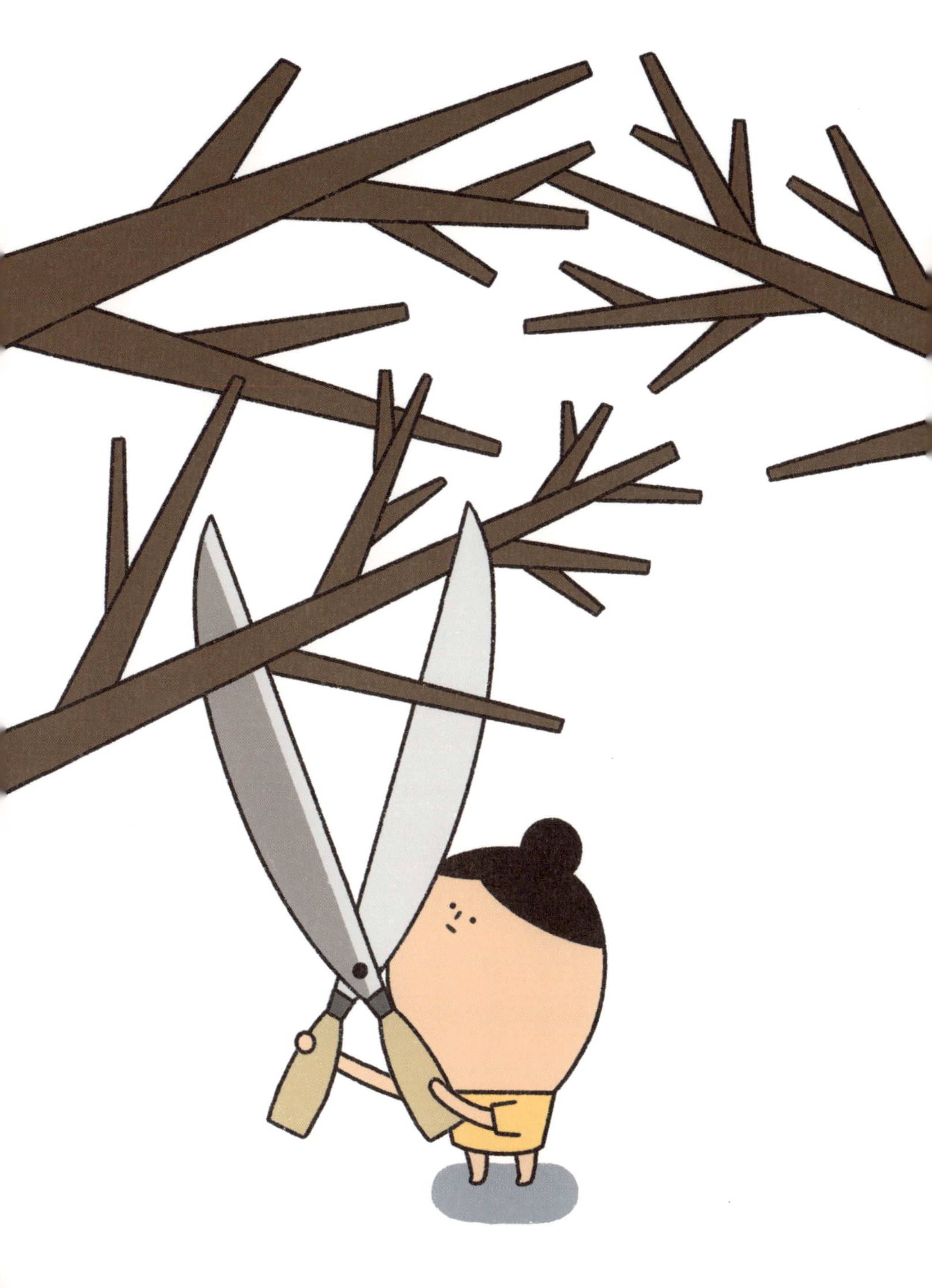

다음 해에 필 능소화가 더 풍성하게
꽃을 틔우게 만들기 위해서다.

어쩌면 사람도 살아가며
때때로 가지치기가 필요할지도 모르겠다.
나를 병들게 하고 해가 되는 관계라면 과감히 잘라내고,
하는 일에도 우선순위를 두어
선택과 집중이 필요할 때가 있다.

'가지 많은 나무에 바람 잘 날 없다'는 말처럼
간결한 인생이 삶의 방황을 줄여줄 것이다.

잔가지 많은 얇은 나무보다
굵은 기둥 같은 나무로 자라기 위해서는
의미 있는 것과 무의미한 것,
중요한 것과 중요하지 않은 것,
지키고 싶은 것과 놓아야 할 것들에 대해
생각하며 살아야 한다는 것을 깨닫게 된 요즘이다.

오늘의 선택도, 내일의 후회도 모두 내 것

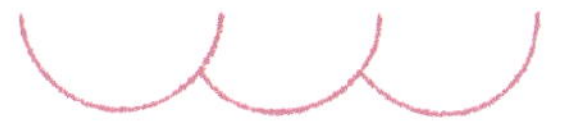

무엇인가를 새롭게 시도할 때는
늘 주변의 우려가 먼저였다.

수능을 6개월 남겨두고 갑자기
진로를 예체능으로 전향했을 때도,
다니던 회사를 그만두고
제주도에서 살겠다고 했을 때도,
바닷가 마을에 집을 구하겠다고 했을 때도 그랬다.

무언가를 새롭게 시도하고 결정할 때마다
주변에서는 대부분 우려의 시선과

부정적인 말만 내게 전했다.

걱정스러운 마음은 이해했지만,
본인들도 가보지 않은 길에 대한 불안을
근거 없이 전하는 우려의 말들은
오히려 새로운 길을 가보려는 나에게
도움이 되지 않았을 뿐만 아니라
내 걱정에 부담만 더해졌다.

그럼에도 나는 내 선택을 포기하지 않았다.
그림 전공으로 당당히 대학에 합격했고,
살아보고 싶어 내려왔던 제주에서 10년 넘게 잘 살아가고 있다.

나는 그런 사람이다.

평점이 낮은 영화를 보고 후회하더라도
그 영화를 본 후 나만의 평점을 매기고,
베스트셀러가 아닌 책 코너에서
내 취향의 책을 찾아 읽는다.

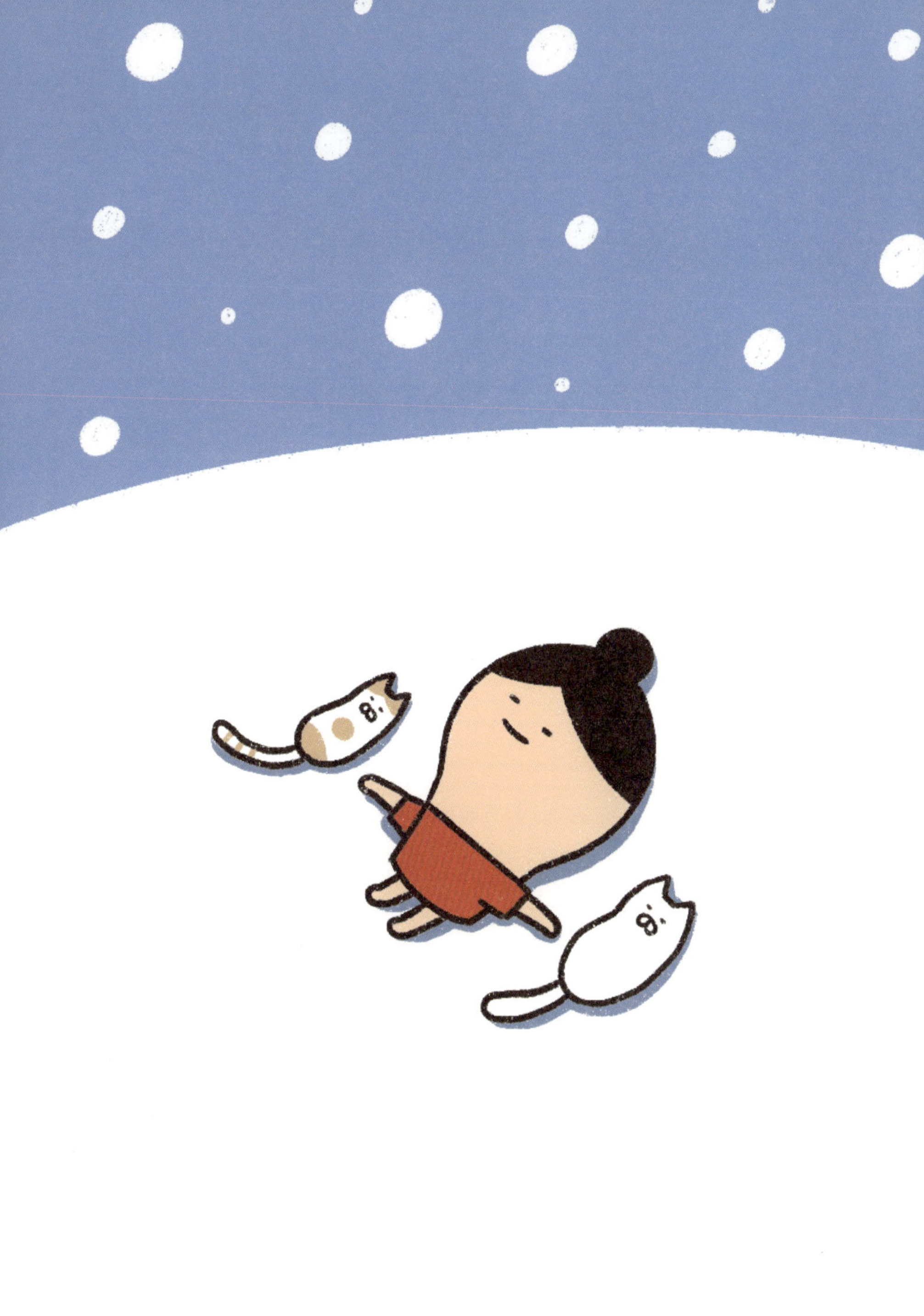

후기가 없는 식당이라도
내가 먹고 싶으면 들어가 보고,
괜찮다고 느끼면 내 지도에 맛집으로 추가한다.

실제로 평점이 낮은 영화임에도
내겐 재미있게 다가온 작품이 있었고,
베스트셀러가 아니어도
큰 감명을 준 책이 있었으며,
유명하지 않은 식당에서
만족스러운 식사를 한 적도 여러 번 있었다.

만약 남들의 시선과 의견에 따라
내가 하고 싶었던 일들을
시도도 하기 전에 포기했다면
나는 지금 제주에 살고 있지도 않고,
어쩌면 그림조차 그리고 있지 않을 것이다.

남들이 내린 평가와 판단에
내 선택을 포기하기보다

나는 직접 경험하고 판단해야
그것이 온전히 나의 것이 된다고 믿는 사람이다.

나에게 '나로서 살아간다'는 것은
내가 스스로 선택해
내 삶을 결정하는 것이다.
그 선택에 대한 후회도, 결론도
모두 내가 책임지고,
그렇게 선택한 삶 속에서 얻는 행복은
오로지 나의 몫일 것이다.

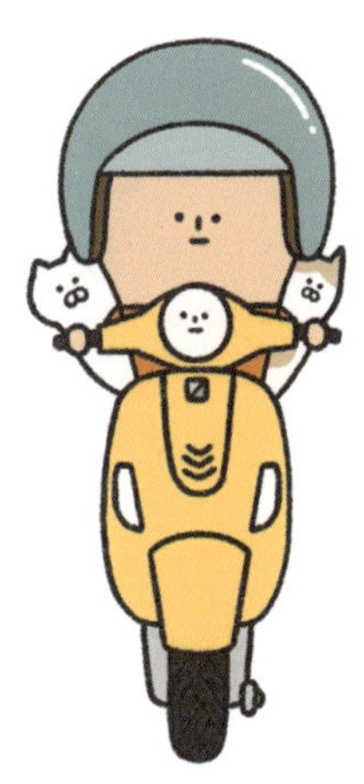

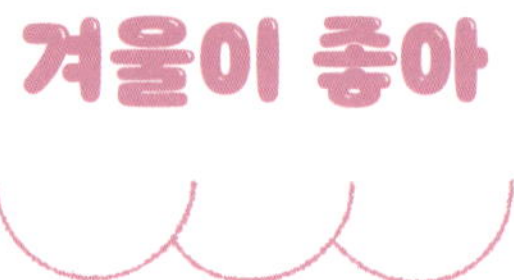

겨울이 좋아

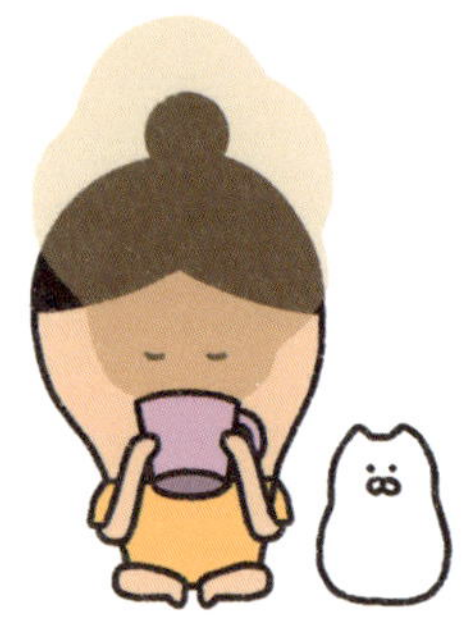

따뜻한 차의 온기와

이불 안에서
까먹는 새콤한 귤

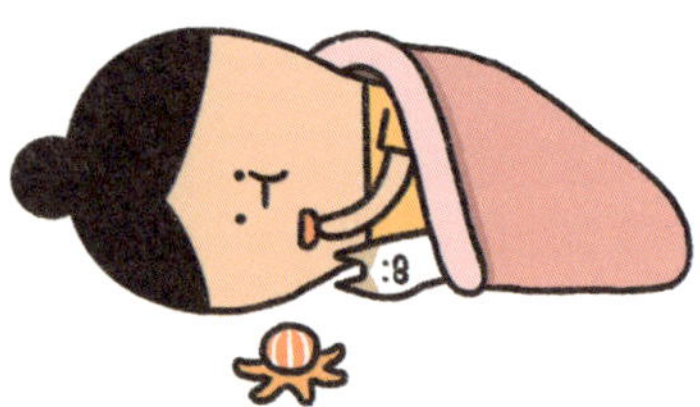

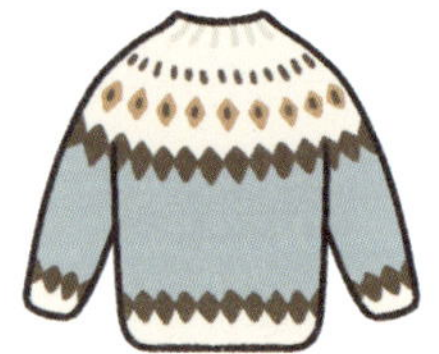

예쁜 무늬의 포근한 니트

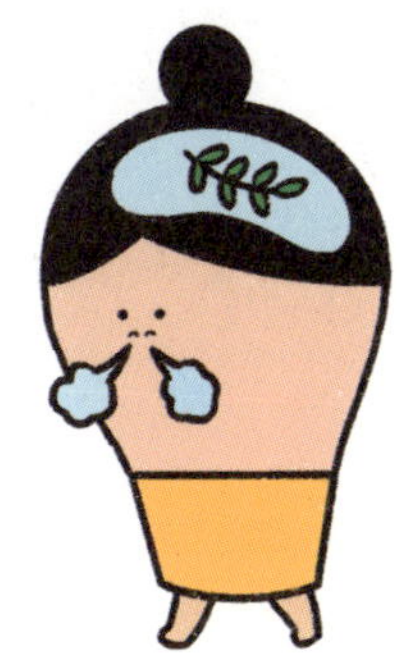

들이마시면 머릿속까지 시원한
민트 맛 공기

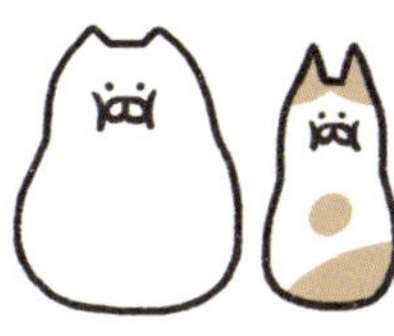

털이 쪄서 둥글둥글해진 고양이들

겨울에 먹으면 더 맛있는
겨울 간식들과

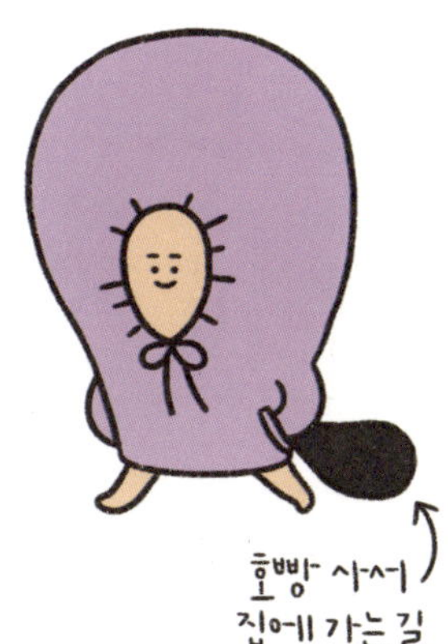

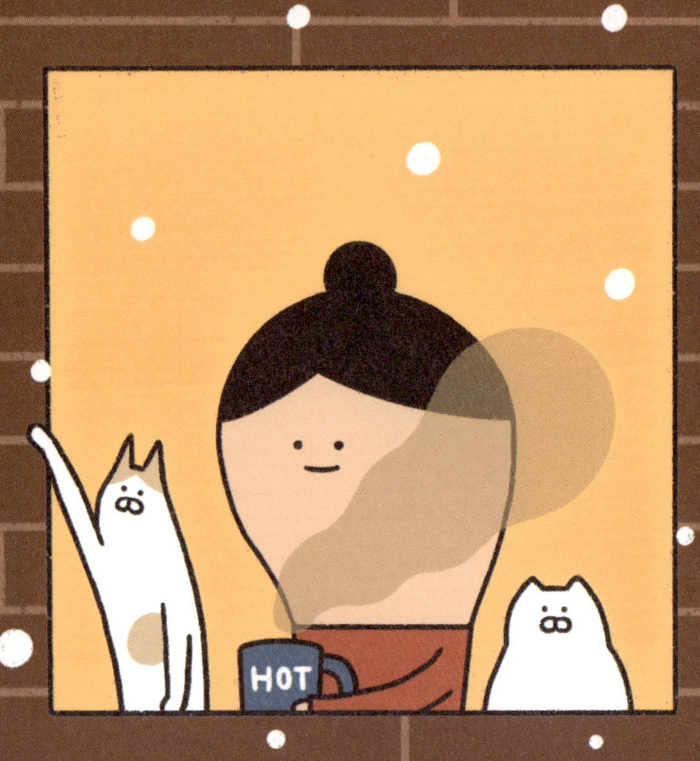

소복하게 내려 하얗게 세상을 감싸는 눈까지.
이 모든 것을 함께할 수 있는
겨울이 좋아.

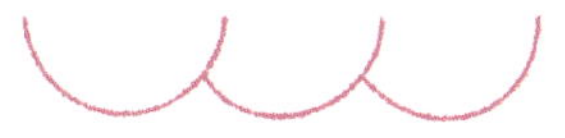 나와 끝까지 함께할 사람

살면서 가장 아프게 배운 글자는 바로 '남'이다.

학창 시절 친했던 같은 반 친구들이
세상의 전부처럼 느껴지던 시절이 있었다.
영원할 것 같던 우정도 졸업 후 대학에 가고,
취직해 각자의 생활이 바빠지면서 자연스레 멀어졌다.

매일 보며 가깝게 지내던 친구들도
너무나 사랑했던 연인도
돌아서면 결국 '남'이라는 것을 느낄 때마다
나는 너무나 아프고 슬펐다.

이 과정을 반복하면서 깨달은 것이 있다.
내 인생을 끝까지 함께할 유일한 사람은
오로지 '나'뿐이라는 것을.

'남'이라는 글자가 더 이상 아프지 않게 되었을 때
나는 누구보다
나를 더 사랑할 수 있게 되었다.
남에게 잘 보이려 애쓰지 않게 되었고
남의 기분을 맞추느라
내 감정을 죽이지 않게 되었고
남의 시선을 의식하느라 나를 표현하는 일을
망설이지 않게 되었다.
이제는 남보다 나에게 더 많은 시간을 쓰며
나를 돌보고 나를 아끼며 살고 있다.

결국 내 인생 끝까지 함께할 사람은 나 자신뿐이니까
내가 나를 가장 많이 아끼고 사랑하며 살아야 한다.

내 인생 마지막까지 함께할 사람은
바로 나 자신이니까
난 나와 제일 친하게 지내야 해.

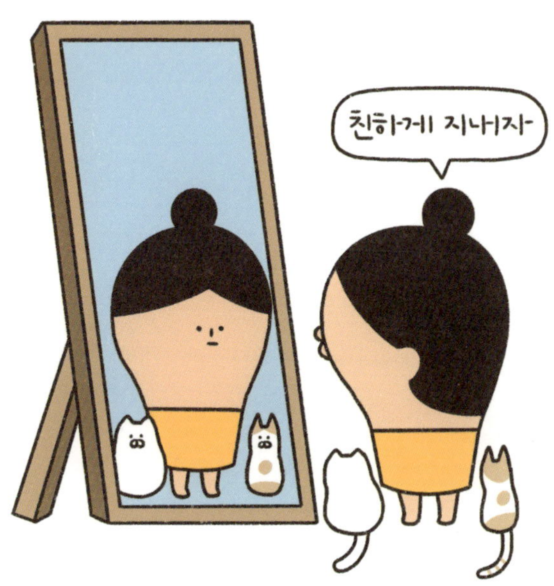

걱정은 시간만 늦출 뿐,
행복해지는 데 망설이지 말 것!

지금도 가끔 한 번씩 나에게 묻는다.

'지금 행복하니?'

대답이 망설여지거나
'아니'라는 답이 나온다면
삶의 방향을 바꾸거나 고쳐야 할 부분이 생긴 것이다.
살면서 나의 행복보다 우선순위에 두어야 할 것은 없다.

"넌 지금 행복하니?"

Happily ever after

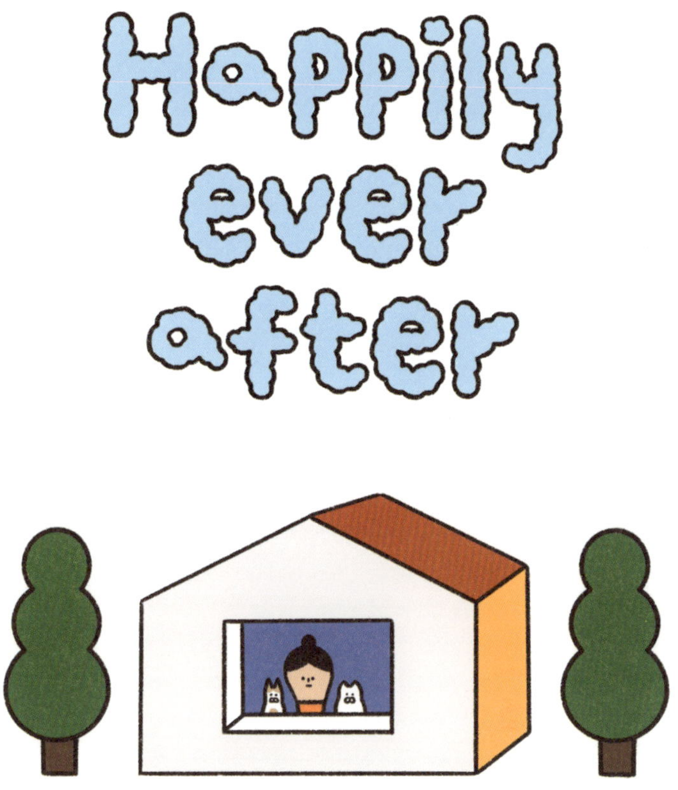

내일보다 오늘, 다음보다 지금

초판 1쇄 인쇄	2025년 8월 20일
초판 1쇄 발행	2025년 9월 8일

지은이	다다(윤다혜)

책임편집	양수인
구성 및 교정	양서현
디자인	스튜디오 포비
책임마케팅	최혜령, 박지수, 도우리
해외사업	한승빈, 박고은
마케팅	콘텐츠 IP 사업본부
경영지원	백선희, 권영환, 이기경, 최민선
제작	제이오

펴낸이	서현동
펴낸곳	㈜오팬하우스
출판등록	2024년 5월 16일 제2024-000141호
주소	서울특별시 강남구 테헤란로 419, 11층 (삼성동, 강남파이낸스플라자)
이메일	info@ofh.co.kr

ⓒ 다다(윤다혜)

ISBN 979-11-94979-30-2 (03810)

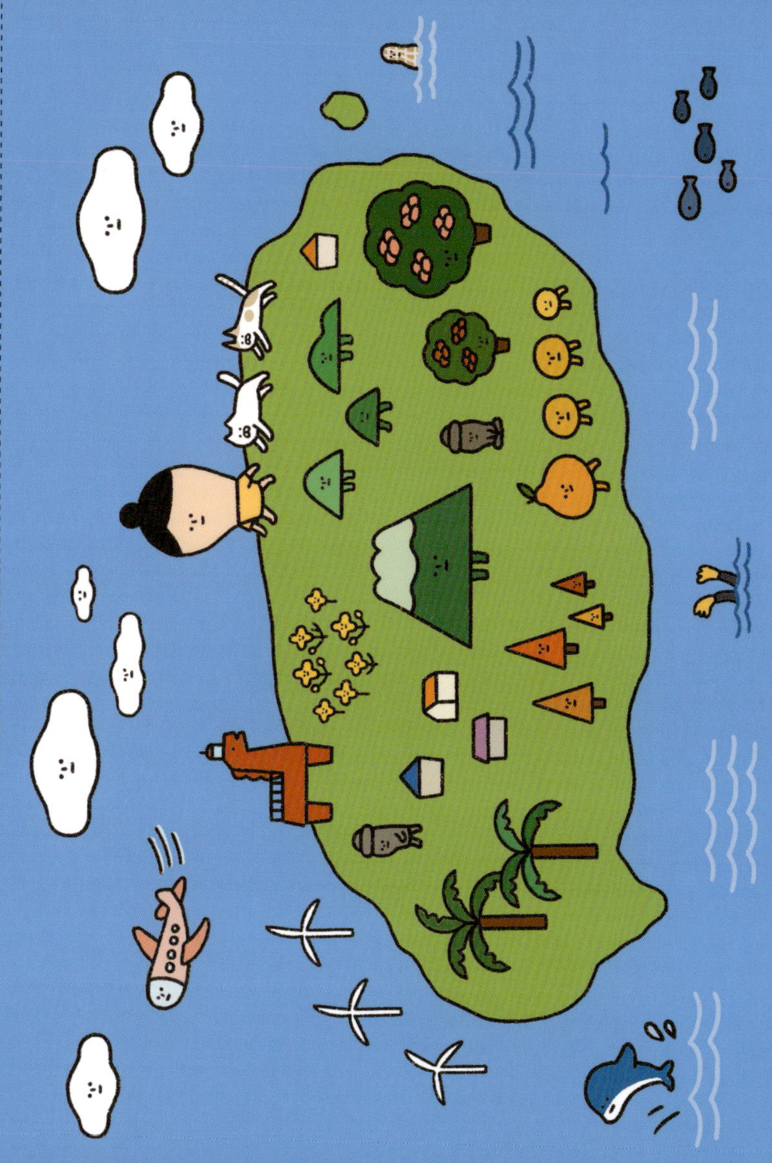

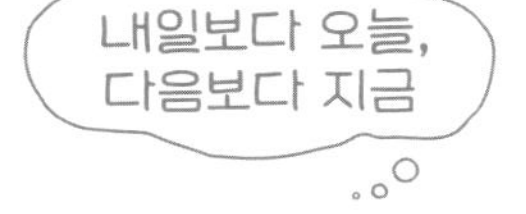
내일보다 오늘,
다음보다 지금